August von Kotzebue

Der Papagoy

Ein Schauspiel in drey Akten

August von Kotzebue

Der Papagoy
Ein Schauspiel in drey Akten

ISBN/EAN: 9783743644007

Hergestellt in Europa, USA, Kanada, Australien, Japan

Cover: Foto ©Andreas Hilbeck / pixelio.de

Weitere Bücher finden Sie auf **www.hansebooks.com**

Der Papagoy.

Ein Schauspiel in drey Akten,

von

August von Kotzebue.

Leipzig, 1792.

Personen.

Lady Amalie Bedford, eine reiche Wittwe.

Betty, ihre Kammerfrau, (ein wenig taub:)

Der alte Richard Westerland, vormaliger Kaufmann.

Georg,
Ludwig, } seine Söhne.

Xury, ein Mohren-Sclave.

Heinrich, ein Bedienter.

Ein bejahrter Fischer.

Der Schauplatz ist in einer deutschen Handelsstadt; im Hintergrunde ein Theil des Seehafens, und eine Fischerhütte. Im Vordergrunde links und rechts, zwei schöne Häuser, mit großen artig-verzierten Beyschlägen, so wie man sie in Danzig, Königsberg, Elbingen u. s. w. (besonders in letzterer Stadt) beynahe vor allen Häusern sieht. —

Erster Aufzug.

Erster Auftritt.

Amalie und Betty.

Amalie. (sitzt auf der Bank des Beyschlages vor ihrem Hause rechter Hand. Vor ihr auf dem Geländer steht ein Käficht mit einem Vogel. Sie hat den Kopf in die Hand gestützt, und den Blick auf den Vogel geheftet. Betty steht ein wenig seitwärts)

Amalie. (singt)

Flattre, flattre, kleiner Vogel,
Tändle durch des Lebens May.
Sieh zerbrochen ist dein Kerker,
Flattre, flattre, du bist frey.

Aber horch es lockt im Busche

Ein verführerischer Ton!
Trau ihm nicht, dem süßen Locken,
Flattre, flattre husch davon.

Siehst du nicht die bunte Schlinge,
Wo die rothe Beere hängt?
Flattre, flattre, armer Vogel,
Eh sie dich Betrognen fängt.

Hast du einmal sie verschlungen,
Jene Beere süß und roth:
O dann zappelst du vergebens.
Deine Schlinge läßt nur Tod!

Nein, nein, du armes kleines Tier, ich meyne es nicht so böse. Wer selbst Jahre lang im Kerker schmachtete, der wird kein lebendiges Wesen einsperren. Ich bin wieder frey! Alles um mich her soll frey seyn, auch du, lieber Vogel. (Sie öffnet den Käficht, läßt den Vogel heraus fliegen, und singt, indem sie ihm nachsieht)

Flattre, flattre, kleiner Vogel,
Tändle durch des Lebens May.
Sieh zerbrochen ist dein Kerker,
Flattre, flattre, du bist frey.

Betty. (für sich) Da spricht sie nun eine Viertelstunde vom Flattern, ich glaube wahrhaftig ihre Vernunft ist mit davon geflattert.
Amalie. Was murmelst du da in den Bart?
Betty. Ein Bart, Mylady?
Amalie. O du taubes Geschöpf. Es gehört
viel

viel fröhliche Laune darzu, um an deiner Seite durch das Leben zu schlendern, oder dich auch nur hinterher schlendern zu lassen.

Betty. Ein Schlender Mylady? der ist ja lange aus der Mode.

Amalie. (lachend) Ha, ha, ha, (etwas lauter) Ich fragte, warum du da in der Ecke stehst, und in dich hineinplauderst.

Betty. Ich machte meine Glossen über das, was Sie sagten —

Amalie. Und die waren? — laß doch hören!

Betty. Erstens, kam es mir vor, als ob ich nicht viel davon verstünde.

Amalie. (lachend) Schon genug! das Zweitens erlasse ich dir. Es war ein Lied, das Wohlbehagen an meiner jetzigen Freiheit ausdrückte, und mich zugleich warnte, mir das Netz nicht wieder so schnell über den Kopf werfen zu lassen.

Betty. (sehr geschwätzig) Ach, warum denn eben ein Netz Mylady? machen Sie aus dem Netz ein rosenfarbenes Band, und das Ding gewinnt gleich ein anderes Ansehen.

Amalie. Nun habe ich sie auf ihre Lieblingsmaterie gebracht.

Betty. Weil Sie einen alten mürrischen Mann hatten, der die Freuden des Lebens nicht mehr zu genießen vermochte, und auch Ihnen mißgönnte, so muß nun der Ehestand entgelten, woran doch nur der Ehemann schuld war; versuchen Sie es nur, gnädige Frau. Mylord Bedford war ein alter Mann, nehmen Sie einen jungen: Mylord Bedford

ford war immer mürrisch; suchen Sie sich einen mit immer froher Laune. Zum Exempel der Baron Westerland (sie deutet auf das Haus gegenüber)

Amalie. Ja das dachte ich wohl. Der steht sehr in deiner Gnade. Ein paar Schmeicheleyen deinen Reizen geopfert, und eine Handvoll Gold in deinen Beutel geschüttet, haben vortrefliche Würkung gethan.

Betty. Würkung muß es auch thun, da haben Sie ganz Recht Mylady. Er ist ein junger schmucker Cavalier, reich und vornehm.

Amalie. Das gilt mir gleich.

Betty. Mit dem besten Herzen von der Welt.

Amalie. Dies wäre etwas.

Betty. Er hat gar keine Verwandte; ausser einen alten Ohlim, der Gouverneur, Gott weiß, auf welcher Antillischen Insel ist, ein steinreicher Mann. Wann der stirbt, so erbt der junge Herr ein paar Tonnen Goldes.

Amalie. Immer Gold um das dritte Wort! habe ich denn nicht Gold genug? oder will ich mich mit einem Goldsack trauen lassen?

Betty. O trauen können Sie ihm immer, prahlen thut er gar nicht. Ich kenne auch seinen Kammerdiener, den Herrn Heinrich Fliederbusch. Ein recht artiger, lustiger Mensch, so reputirlich, so wohl bey Leibe, ein Dreyßiger ungefähr, und noch nicht verheyrathet; der sagte mir —

Amalie. Was ich nicht hören will! Um zu heyrathen, muß man lieben, um zu lieben muß man hochachten. O Hymen ist ein gebrechlicher Knabe,
wenn

wenn er sich nicht links und rechts auf Achtung und Liebe stüzt.

Betty. (für sich) Das verstehe ich gar nicht.

Amalie. Und von beyden, hat der junge Herr gegenüber noch nicht ein Fünkchen bey mir erregt. Er ist ein sehr alltägliches Geschöpf, ein Roman den man in einer halben Stunde durchblättert.

Betty. Ey Roman hin, Roman her! Ein rechter Roman muß sich doch am Ende mit einer Heirath schließen.

Amalie. Seine Gestalt gefällt mir, er ist eine artige Puppe, aber wer mag immer spielen.

Betty. Spielen? das redet man ihm im Hasse nach, er ist kein Spieler! Daß er aus langer Weile, dann und wann ——

Amalie. Die Güte seines Herzens ist mir auch noch sehr zweifelhaft.

Betty. Mir gar nicht.

Amalie. Nein, nein! goldne Freiheit, nimmer werde ich dich vertauschen, wenn nicht das Verdienst mir die Fesseln reicht.

Betty. Ehen werden im Himmel geschlossen.

Amalie. Eben deswegen wollte ich dir rathen, dich nicht drein zu mischen.

Betty. Aber wenn Sie nicht heirathen wollen, warum bleiben Sie denn so lange hier?

Amalie. Denkst du, ich ginge hier auf Heyrathen aus, wie unsere Südseefahrer auf Entdeckungen. Ich bleibe hier, weil — ich weiß selbst nicht recht — weil ich zu bequem bin, um weiter zu reisen, und weil ich mich freue, hier bleiben zu dürfen,

ohne

ohne irgend Jemand Rechenschaft davon zu geben.

Betty. (lebhaft) Ach dort sehe ich den Herrn Fliederbusch kommen.

Amalie. (lächelnd) Und ein Ach fliegt ihm entgegen.

Betty. O in allen Ehren, Mylady.

Zweyter Auftritt.

Die Vorigen. Heinrich (mit einem großen Korbe, der mit einem weissen Tuche bedeckt ist, und den er am Arme trägt.)

Heinrich. (macht im Vorbeygehen seinen Kratzfuß und will in ihr gegenüberstehende Haus)

Betty. Wohin, lieber Herr Fliederbusch?

Heinrich. Nach Hause, wie Sie sehen. Ich habe Eile.

Betty. Eile mit Weile.

Heinrich. (für sich) Das heißt: Verweile mit langer Weile.

Betty. (herunter auf die Strasse, und ihm näher tretend) Ey wie Er schwitzt! er hat sichs recht sauer werden lassen.

Heinrich. Ja in saure Aepfel muß man auch beißen.

Betty. Das Wetter ist gewaltig schwül.

Heinrich. (mit Beziehung auf Betty) Recht drückend.

Betty. Wir werden heut ein Gewitter bekommen; die Hähne krähen.

Heinrich. Ja; und die Gänse schnattern so viel.

ein Schauspiel.

Betty. Was trägt Er in dem Korbe?

Heinrich. Sachen für meinen Herrn. Der Korb steht ihr zu Diensten.

Betty. Wunderlicher Mensch! daß weiß ich ja wohl, daß Er in seines Herrn Diensten ist. Laß Er doch sehen. (Sie luftet das Tuch einwenig)

Heinrich. (sperrt sich vergebens)

Betty. (zieht eine Citrone hervor) Ey schöne grosse Citronen, was wollt ihr damit machen?

Heinrich. Limonade.

Betty. (sucht weiter, und findet eine verpichte Flasche, woran ein Zettel gebunden ist, mit der Aufschrift Arrak) (sie liest) Arrak. Das sieht ja beinahe aus, als ob Ihr Punsch brauen wolltet? Sollte es wahr seyn, was die Leute sprechen?

Heinrich. Was sprechen denn die Leute?

Betty. Dein Herr sey dem Trunke ergeben.

Heinrich. Dem Trunke? ey warum nicht gar! den Arrak brennen wir in der Nachtlampe. Mein Herr kann den Geruch von Baumöhl nicht vertragen.

Betty. So, so! (sie zieht eine andere Flasche heraus, worauf geschrieben steht: Champagner) Champagner! Ey! brennt ihr den auch in der Nachtlampe?

Heinrich. Davon trinkt mein Herr zuweilen ein Glas, um sich des Nachts beym Studiren munter zu erhalten.

Betty. So, so! (sie findet ein Packet Karten) Ey Karten! Sollte es wahr seyn, was die Leute reden?

Heinrich. Was reden denn die Leute?

K   Betty.

Betty. Dein Herr sey ein Spieler.

Heinrich. Possen!

Betty. Was thut Ihr denn mit den Karten?

Heinrich. Wir siegeln Billets, für den Musik-Meister.

Betty. In solcher Menge?

Heinrich. Die übrigen brauchen wir zu Visiten-karten.

Betty. Ja so.

Heinrich. (sehr höflich, und mit vielen Kratzfüßen, aber etwas leise) Nun du taubes, dummes Plappermaul, habe ich dir doch eine Nase aufgebunden.

Betty. (welche vermeynt, er sage ihr viel Schönes vor) O, Sie sind gar zu gütig.

Heinrich. (wie vorher) Hol dich der Henker, du neugieriger Olffe.

Betty. (sich freundlich verneigend) Gehorsame Dienerin.

Heinrich. (für sich, indem er ins Haus geht) Ich muß meinem Herrn einen Wink geben, daß seine Schöne sichtbar ist.

Betty. (wieder zu ihrer Gebieterinn tretend) Ein recht höflicher Mensch, der Herr Fliederbusch. Immer weiß er etwas artiges zu sagen.

Amalie. Ja wenn du die artigen Sachen nur recht hören könntest.

Drit-

Dritter Auftritt.

Ludwig. Amalie. Betty.

Ludwig. (am Fenster gegenüber) Guten Abend, Mylady.

Amalie. Guten Abend, Herr Baron.

Ludwig. Sie sind herabgekommen, um frische Luft zu schöpfen.

Amalie. Frisch ist die Luft eben nicht. Es steigt dahinten ein Gewitter herauf.

Ludwig. Die Göttinn der Liebe hat nichts zu fürchten, von ihres Vaters Donnerkeilen.

Amalie. Ein gutes Gewissen ist der beste Wetterableiter.

Ludwig. Hilft aber doch nicht für die Beklommenheiten des Herzens. Ein krankes Herz zieht den Blitz an, trotz Eisen und Stahl. Ich werde kommen unter Ihren Flügeln Schutz zu suchen. (Er macht das Fenster schnell zu, ohne ihre Antwort abzuwarten)

Amalie. Macht mich der Mensch gar zu einer Gluckhenne, die Taube mag das saubre Küchlein unter ihre Flügel nehmen. Ich danke.

(geht hinein.)

Betty. Weis der liebe Himmel, was die Verliebten für einen Mischmasch unter einander schwatzen; von Gluckhennen und Küchlein, von Donner und Wetter und Blitzen und Herzen. (Sie nimmt den leeren Käsicht, und will gehen)

Vierter Auftritt.

Betty. Ludwig und Heinrich aus dem Hause.

Ludwig. (ihr zurufend) Wo blieb deine Herrschaft?

Betty. Sie gieng hinein.

Ludwig. Eben da ich komme? das ist nicht aufmunternd.

Betty. O munter ist sie noch genug, es hat erst 7 Uhr geschlagen, und sie geht vor Mitternacht nicht zu Bett. Aber sie hat so zuweilen ihre Grillen.

Ludwig. Was macht ihr mit dem leeren Käficht? wollt ihr Herzen hineinsperren?

Betty. Sie hat ihn gekauft, und nach einer halben Stunde wieder fliegen lassen.

(Sie geht ins Haus)

Fünfter Auftritt.

Ludwig und Heinrich.

Ludwig. (sich auf die Bank werfend) Das Weib hat sonderbare Launen. Ich sehe wohl, auf dem gewöhnlichen Wege ist ihr nicht beyzukommen.

Heinrich. Mit Erlaubniß, Herr Baron, was nennen Sie den gewöhnlichen Weg einem Frauenzimmer beyzukommen?

Ludwig. Ey nun, die große Heerstraße der Eitelkeit, der Sucht zu gefallen, auf welcher sie alle wandeln.

Hein=

Heinrich. Wie wärs, wenn Sie den Schleif=
weg der Empfindsamkeit versuchten?

Ludwig. Der ist auch schon mit Gras über=
wachsen. Es läßt sich niemand darauf betreten,
seitdem die Satyriker Strohwische darauf gepflanzt
haben.

Heinrich. So muß ich Ihnen rathen, Herr,
sich bey Zeiten eine neue Bahn zu brechen; denn
auf der großen Heerstraße des Borgens wird man
nächstens für uns den Schlagbaum fallen lassen.

Ludwig. Wie so?

Heinrich. Je nun, die Herren Kaufleute reden
wenig und schreiben viel; aber hier und dort hört
man doch so ein Wörtchen von Wechseln, von prompt=
ter Zahlung, von Arrest — Es sind unbarmherzige
Menschen. Nicht einmal die nothwendigsten tägli=
chen Bedürfnisse, Champagner und Burgunder, wol=
len sie mehr verabfolgen lassen. Ich habe gut re=
den: mein Herr trinkt nichts anders, er kann kein
Wasser in den Mund nehmen. Sie lachen mich
aus, und sagen: ich soll die Bouteillen unter eine
Dachtraufe stellen, wenn es einmal Champagner
regnet.

Ludwig. Die Leute wissen nicht mit Kavalieren
umzugehen.

Heinrich. Und sind so kleingläubig, und mun=
keln von selbstgeschmiedeten Freyherrn=Diplo=
men. Der Name Westerland ist unter den Kaufleu=
ten allzubekannt. Ihres Vaters ehemalige weit=
läuftige Correspondenz —

K 3 Lud=

Ludwig. Laß sie die Köpfe zusammenstoßen, habe ich mich doch nur zum Baron gemacht; es gab einmal einen Kaiser, der sich die Krone selbst aufsetzte.

Heinrich. Und wir führen die Krone nur im Petschaft. Aber besser wäre es immer, wenn Sie einen andern Namen gewählt hätten. Zum Exemempel: Baron Westwind! das klingt so warm, so regnigt, so fruchtbar. Oder was erhabenes: Adlersfeld, Cederberg, Löwenhaupt, Sonnenstern, das klingt prächtig.

Ludwig. Du bist ein Narr.

Heinrich. Nein, nein, auf den Namen kommt gar viel in der Welt an. Geben Sie einmal acht auf sich, wenn Sie einen fremden Namen hören, ob Sie nicht gleich einen Begriff, eine Gestalt damit verbinden? und ob Sie zum Beyspiel sich wohl ein Mädchen schön denken würden, das Brigitte Schlamm, oder Sybille Wermuth hieße?

Ludwig. Laß die Possen! du hast mir da einen Wurm ins Ohr gesetzt. Ich verlache das Urtheil der Welt, es gilt mir gleich, ob sie mich für einen hundertjährigen, oder für einen dreytägigen Baron hält, aber die Lady kann es erfahren — es giebt dienstfertige Leute. —

Heinrich. Ach die dienstfertigen Leute würden uns nicht viel schaden, wenn Ihr alter Papa nur nicht hier wäre.

Ludwig. Was?

Heinrich. Er ist schon zweymal vor unserer Thüre gewesen. Ich habe ihn klopfen lassen, und ihm durch das Schlüsselloch zugerufen, mein Herr ist verreist. Denn er sah eben nicht aus, als ob er Geld brächte.

Ludwig. Welcher böse Geist mag ihn in diese Stadt geführt haben?

Heinrich. Wahrscheinlich der böse Geist der Armuth. Er hat einen kläglich=ehrlichen Banquerout gemacht, versteht nicht zu rechter Zeit zu sterben, hat vermuthlich erfahren, daß wir durch unsre Industrie, (mit Pantomime des Kartenspielens) etwas vor uns gebracht, und besucht nun das liebe Ludgen, das immer sein liebstes Söhngen war, um in seinen Armen zu sterben. Mais hélas! er kommt auch hier zu spät. Wie gewonnen, so zerronnen.

Ludwig. Muth, Muth, lieber Heinrich, das Glück wird uns nicht immer den Rücken drehen. Die Guineen der Engländerin, und die Dukaten unsrer Gäste — du hast doch die beyden Fremden eingeladen?

Heinrich. Versteht sich, danken schön, wollen kommen. — Aber an den Guineen der Engländerin zweifle ich.

Ludwig. Leider! ich auch; nun wer weiß, welchen Schatz die hereinbrechende Nacht in ihrem Schooße verbirgt.

Heinrich. Wenn er nur schon gehoben wäre.

Ludwig. Indessen ist es nothwendig, daß du alle Schritte meines Vaters genau beobachtest, und allen dummen Streichen vorbeugst. Es darf durchaus niemand wissen, daß mein Vater ein Bettler ist. Hab' ich erst die beyden Fremden ein wenig gerupft, dann geb ich dem Alten einen Theil ab, denn wenn er wirklich so arm ist, muß ich doch etwas für ihn thun. Meynst du nicht auch? wo wohnt er denn?

Heinrich. (zuckt die Achseln) Er hat seine Adresse in einem elenden Gasthofe in der Vorstadt. (es donnert in der Ferne)

Ludwig. Das Gewitter steigt herauf.

Heinrich. (sich umsehend) Es bezieht sich dahinten über der See gewaltig schwarz — Aber — zum Henker! — seh' ich recht? — wenn ich nicht irre, Herr Baron, so ist der Mann, der da unten am Stabe über die Brücke schleicht, Ihr Vater.

Ludwig. Mein Vater? ja wahrhaftig! sollte er hieher kommen? Um des Himmels willen such ihn für jetzt wo anders unterzubringen. Eh ich ihn spreche, muß ich erst haben. Hörst du? Jetzt mag ich ihn nicht sehen. Das wäre ein doppeltes Donnerwetter. (er geht hinein)

Sechster Auftritt.

Heinrich (allein.)

Anderswo unterzubringen? Ja wo denn? Es ist doch herrlich bequem, wenn man zu allen lästigen Geschäften sich seine Leute halten kann. Da geht er hin, trinkt ein Glas Punsch, und ich mag zusehen, wie ich mit dem Alten fertig werde. — Was soll ich ihm sagen? Der Herr ist ausgegangen? Dann wartet er auf seine Zurückkunft. Der
Herr

Herr ist verreist? damit ist er schon einmal abgespeiset worden. Der Herr ist krank? Ja, heute soll er einmal krank seyn. Beym Lichte besehn, ist das nicht einmal gelogen. Denn ihm mangelt der nervus rerum gerendarum, das heißt auf deutsch: er hat ein Nervenfieber. (es donnert immer von Zeit zu Zeit in der Ferne)

Siebenter Auftritt.

Der Greis Richard Westerland, und Heinrich.

Richard. (sich langsam nähernd) Mein Freund, ist Herr Westerland zu Hause?

Heinrich. Herr Westerland? den kenne ich nicht.

Richard. Wer wohnt denn hier?

Heinrich. Baron Westerland.

Richard. Nun ja, Baron, ins Himmels Namen. Ist er zu Hause?

Heinrich. Ja.

Richard. (indem er in das Haus gehen will) Eine Treppe hoch?

Heinrich. Halt, halt, guter Freund, mein Herr ist nicht zu sprechen.

Richard. Nicht zu sprechen? Ich bin sein Vater.

Heinrich. Sie sein Vater?

Richard. (ihn scharf ins Auge fassend) Und — und — du bist Heinrich.

Heinrich. (etwas verlegen) Heinrich Fliederbusch zu dienen.

Richard. Du bist der Heinrich, der, als ich noch im Wohlstande lebte, in einem harten Winter als Knabe vor meiner Thür bettelte. Ich nahm dich Halberfrornen auf. Hab' ich eine Schlange in meinem Busen erwärmt?

Heinrich. (sich stellend, als ob er ihn nach und nach erkenne) Ach Sie sind wohl gar — Herr Richard Westerland?

Richard. Der bin ich, Heinrich! ich führte einst dich zu meinem Sohne, und ließ dich mit ihm erziehen; führe du jetzt mich zu meinem Sohne.

Heinrich. Das wollte ich gern — aber er ist krank — er hat ausdrücklich verboten —

Richard. Er ist krank? wer wird ihn besser pflegen, als sein Vater? Laß mich hinein.

Heinrich. Ich darf nicht.

Richard. Du darfst nicht? wuste Ludwig, daß sein Vater kommen würde? — Er könnte es freylich wissen, aber ich will hoffen, er wußte es nicht.

Heinrich. Und wenn ers auch gewußt hätte, es ist heute ein kritischer Tag, er muß sich vor Gemüthsbewegungen hüten. Die plötzliche Freude, Sie wieder zu sehen, könnte ihm das Leben kosten.

Richard. Ach Gott! so habe ich alter Mann mit Angst und Mühe einen Weg von siebenzig Meilen vergebens gemacht. Wo soll ich Trost und Hülfe suchen, wenn meine Kinder ihre Thür vor mir verschließen?

Heinrich. So ist es ja nicht gemeynt, alter Herr; auf ein anderes Mahl, wenn seine Kräfte

es

ein Schauspiel.

es erlauben. (ein Spielgast geht quer über die Bühne in das Haus)

Richard. Wer ist der, den du da hineingehen läßt?

Heinrich. Das war der Arzt. (Ein andrer Spielgast folgt dem Ersten auf dem Fuße)

Richard. Und wer ist der?

Heinrich. Das ist der Apotheker.

Richard. Wehe dir, Heinrich, wenn du mich belügst! schon seit drey Tagen bin ich in diesen Mauern. Mein Nothpfenning ist aufgezehrt.

Heinrich. (bey Seite) Desto schlimmer!

Richard. Der Schiffer, der mich über das Baltische Meer führte, fordert Bezahlung.

Heinrich. (bey Seite) Desto schlimmer!

Richard. Ich bewohne eine elende Kammer in der Vorstadt, und bald werde ich auf der Straße wohnen müssen.

Heinrich. (bey Seite) Eine geräumige Herberge.

Richard. Wehe dir, Heinrich, wenn du mich belügst! du würdest einen Greis als deinen Ankläger vor Gottes Richterstuhl senden.

Heinrich. Ey klagen Sie Ihren Sohn an, ich hab' ihn nicht krank gemacht.

Richard. So lohnt Ludwig mir meine zärtliche Vaterliebe. Hat er vergessen, daß ich um seinetwillen oft ungerecht gegen seinen ältern Bruder war? daß er es ist, um dessen willen mein guter Georg sich freywillig nach Amerika verbannte? ich ließ ihn ziehen — er zog vielleicht ins Elend! — O ich will ihn

ihn aufsuchen! — Georg! Georg! ich will zu dir nach Amerika.

Heinrich. Ist das Ihr Ernst Herr Westerland? es liegen zwey Schiffe im Hafen segelfertig, daß Eine nach Virginien, das Andere nach Pensilvanien. Mein Herr wird gern einen Platz in der Kajüte für Sie bezahlen.

Richard. Ungeheuer! einen Platz in der Hölle habt ihr um mich verdient!

(es donnert heftiger)

Heinrich. (ein wenig erschrocken) das Gewitter kömmt näher — es fängt an dunkel zu werden — bald wird es stürmen und regnen; wissen Sie was, alter Herr, dort liegt eine alte Fischerhütte, wenn Sie da bis morgen unterzukommen suchten.

Richard. Heinrich! Heinrich! Hier unter freyem Himmel, in Sturm und Ungewitter, willst du mich armen alten Mann stehen lassen?

Heinrich. Behüte! ich weise Ihnen ja die Hütte dort an, nur bis morgen. Thun Sie es immer. Unterdessen erholt sich Ihr Sohn vielleicht, und dann bringe ich Sie zu ihm. (er geht in das Haus, und verschließt es)

Achter Auftritt.

Richard Westerland (allein.)

(sieht ihm lange schweigend nach) Erwache, alter Mann, aus diesem bösen Traume! Sprich ihn nicht aus, den Fluch, der auf deinen Lippen schwebt.
Es

ein Schauspiel.

Es war ja nicht mein Sohn, nur ein Miethling mit einer gemeinen Seele, der, wenn er sich satt gegessen, aufsteht, und nicht einmal sagt: ich bedanke mich. Nein mein Sohn weiß nicht, daß ich hier bin. Er ist krank (seine Hände gegen die Fenster aufhebend) Gott gebe ihm eine sanfte Ruhe; ich werde Morgen wieder kommen. (er thut einige Schritte) Aber wo gehe ich hin? in die Hütte dort, ohne Geld? Man wird mich abweisen. Der weite Gang und dieß Gespräch haben meine Kräfte erschöpft, das Gewitter zieht immer näher — bis zu meiner Wohnung kann ich nicht. — Und könnte ich auch bis in die Vorstadt mich schleppen, versprach ich nicht meine Schuld zu bezahlen? wird man mich aufnehmen, wenn ich mit leeren Händen komme? — Ach guter Gott! hast du keinen Blitz für mich? ich habe genug gelebt!

Neunter Auftritt.

Richard und der alte Fischer.

Der Fischer. (tritt aus seiner Hütte, und sieht sich nach dem Wetter um) Das wird ein schweres liebes Wetter werden. Die See geht gewaltig hohl. Gut, daß ich mein Boot an Land gebracht habe. Besser bewahrt, als beklagt. Das sieht mir aus, als ob Wind und Wellen in dieser Nacht gar wunderlich pfeifen und tanzen würden. Gott helfe jedem ehrlichen Seemann, der jetzt auf dem hohen Meere herumtreibt, dem armen Teufel, der diesen Nachmittag auf der Höhe kreuzte, und wegen contrairem Wind nicht

nicht einlaufen konnte, dem sey der liebe Gott gnä­dig! (er will wieder in seine Hütte)

Richard. (seufzt tief)

Der Fischer. (hört es und bleibt stehen) Was seufzt denn da? He! leidet jemand Noth?

Richard. Ach, guter Alter ich kann nicht weiter! Nacht und Gewitter haben mich hier überfallen.

Der Fischer. Wer seyd ihr denn?

Richard. Ein Fremder, vormals ein Bremer Kaufmann, glücklich und wohlhabend. Unglück und falsche Freunde haben mich um all das Meinige ge­bracht.

Der Fischer. Ein Bremer? ich denke Bremen ist weit von hier?

Richard. Nicht zu weit für den, den das Elend durch die Welt peitscht.

Der Fischer. Was führte euch in diese Stadt?

Richard. Der einzige Freund, der mich nicht verlassen hat: die Hoffnung. Ich hatte zwey Söh­ne, der Aeltere ein ehrliches Blut, dessen geraden Biedersinn der verblendete Vater nicht nach Würden schätzte, gieng vor zwölf Jahren nach Amerika. Der jüngere, mein Liebling, theilte meinen Wohlstand in bessern Tagen. Als aber der Mangel in meinem Hause einkehrte, gieng er in die weite Welt.

Der Fischer. Das war schlecht.

Richard. Fünf Jahre, blieb ich mit meinem Elend allein. Nach langem Suchen und Forschen erfahre ich endlich, er habe, ich weis nicht wie, ein glänzendes Glück gemacht, und wohne in dieser Stadt. Diese Nachricht lockte mich aus meiner Heymath.

Der

ein Schauspiel.

Der Fischer. Habt ihr euern Sohn gefunden?
Richard. Noch nicht.
Der Fischer. Nun in diesem Wetter werdet ihr ihn auch nicht suchen. Kommt herein und verweilt bey mir, bis das Ungewitter vorüber zieht.
Richard. Ich nehme es mit Dank an.
Der Fischer. (gegen die Hütte) Rose! (Eine weibliche Stimme inwendig) Vater! (der Fischer) Setze den Kessel aufs Feuer, und siede einen Hecht blau. (Sie gehen in die Hütte) (Sturm und Gewitter)

Zehnter Auftritt.

Georg und **Xury** Der letztere trägt einen Papagoy auf der Faust. Beyde in bloßen Häuptern mit nassen Haaren und zerstörter Kleidung tappen durch die Finsterniß.

Georg. (die Hände ringend) Alles verlohren! Großer Gott!
Xury. Muth! lieber Herr! ich habe euch immer sagen hören, nur Leben und Ehre kann niemand zurück geben, alles übrige läßt sich wieder gewinnen.
Georg. Ach Xury! die schönen Grundsätze sind keine Freunde in der Noth. Sie schmarotzen bey uns in glücklichen Tagen, und gehn davon, wenn wir ihrer bedürfen.
Xury. Dafür habt ihr mich, guter Herr, daß ich sie fest halte, wenn sie euch entschlüpfen wollen. Seht, das Leben haben wir gerettet, und ich denke, unsere Ehre auch!

Georg. Das ist aber auch alles.

Xury. Ey nicht doch, ihr habt den Papagoy vergessen?

Georg. Das arme Thier soll also auch mit mir verhungern!

Xury. (den Vogel streichelnd) Jaco wird nicht hungern, so lange Xury noch einen Bissen hat.

Georg. (bitter) Hat Xury den?

Xury. (in die Tasche fühlend und lachend) Nein wahrlich! Zwieback habe ich einzustecken vergessen. Dummer Xury! Sonst habe ich immer alle Taschen voll. Halt! da finde ich doch etwas, ein Korbfläschgen, das ergriff ich, als das Schiff auf die Klippe stieß, mit der einen Hand, und unsern Papagoy mit der andern. Es ist aber auch nicht viel mehr darinn. (ihm das Fläschgen hinhaltend) Trinkt guter Herr.

Georg. Wenn es Gift ist, so gieb es her.

Xury. Gift? — pfuy! — Als ich aus Afrika zu euch gebracht wurde, und keine andern Götter kannte, als meine Fetischen, da lehrtet ihr mich den wahren Gott erkennen, und sagtet mir, er sey ein Fels in der Noth.

Georg. (bewegt) Xury! — (er schließt ihn in seine Arme) Ich bin nicht arm, ich habe einen Freund gerettet!

Xury. Und habt einen Vater, der ist Gott! nicht wahr, guter Herr?

Georg. Gott! diese schöne Seele habe ich dir gebracht.

Xury. Jezt ist es Nacht, es wird schon einmal wieder Tag werden. Habt ihr denn gar nichts gerettet? nicht euren Geldbeutel? nicht eure Papiere?

Georg. Nichts, gar nichts.

Xury. (sich schüttelnd) Hu, es ist feucht und kalt. Frierst du auch, armer Jako?

Georg. Guter Xury! wirst du mir verzeihen, daß ich dich zum Gefährten meines Elendes machte?

Xury. Nein Herr, so müßt ihr nicht reden. Jemand auf diese Art an Wohlthaten erinnern, ist nichts besser, als sie ihm vorrücken. Ohne euch wo wäre ich jezt? lebendig begraben in den spanischen Goldgruben, oder ich begöße mit meinem Schweiß eine englische Zuckerplantage. Guter Herr! der blutig unterlaufne Zirkel, den mir einst meine Fesseln drückten, und den ich lange um Hand und Fuß trug, ist nach und nach vergangen, meinet ihr meine Dankbarkeit werde auch so vergehen? Meynt ihr, weil ich keine Fesseln mehr trage, so wollte ich auch mit euch kein Unglück mehr tragen. Ich bin gesund und stark; so lange ich meine Arme rühren kann, soll es Euch an Brod nicht fehlen. Verzeiht mir, daß Xury so ein Narr war, über Kälte zu klagen. Ihr müßt das nicht übel deuten, ich wollte Euch nur einen Wink geben, daß es Zeit sey, Dach und Fach zu suchen, und unsere Kleider zu trocknen.

Georg. Wer wird in finstrer Nacht uns Schiffbrüchige aufnehmen? Wenn man nichts gerettet hat, als einen Papagoy — wenn man das Mitleid nicht mit baarer Münze erkaufen kann? —

Xury. So? ist es hier zu Lande Sitte, das Mitleid zu bezahlen? O lieber Herr! dann zieht mit mir nach Africa, in unsre wilden Steppen; ich will euch zu meinem alten Vater bringen, er wird euch sein Binsenlager einräumen, er wird euch die Füße waschen und salben, er wird seinen Bogen von der Wand nehmen, zwischen den Klippen herumklettern, und euch ein Wildprät schießen.

Georg. Laß mich Xury! mein Herz sehnte sich nach dem Lande, in welchem wir sind, es ist mein Vaterland! Arm und elend ward ich daraus verstossen, arm und elend kehre ich dahin zurück.

Xury. (das Haus linker Hand begaffend) In dem grossen schönen Hause da muß wohl ein reicher Mann wohnen. Da ist auch noch viel Licht, und es kömmt mir vor, als hörte ich Gläser klingen. Laßt uns anklopfen, lieber Herr, der reiche Mann wird sich freuen, so unverhoft mitten in der Nacht eine Wohlthat ausüben zu können.

Georg. Meinst du?

Xury. Nun freilich, wofür wäre er denn reich?

Georg. So klopfe an, und lerne aus Erfahrung was ich mich schäme, dich zu lehren.

Xury. (klopfend) He! Holla! macht auf.

Elfter Auftritt.

Die Vorigen. Heinrich.

Heinrich. (am Fenster) Zum Teufel! wer lärmt da?

Xu=

Xury. Mach auf, mach auf! hier sind Gäste!

Heinrich. Die gebetenen Gäste sind schon längst versammelt, die ungebetenen mögen vor der Thür bleiben. (er schlägt das Fenster zu)

Xury. Der Kerl weiß nicht, daß wir arme Schiffbrüchige sind, was gilts, er wird anders reden, wenn er das hört. (er klopft von neuem) He da, Holla!

Heinrich. (am Fenster) Schon wieder? Seyd ihr Schaarwächter?

Xury. Wir sind arme Unglückliche, die Schiffbruch gelitten, mit nassen Kleidern und hungrigem Magen.

Heinrich. So wollt ich, daß ihr im Abgrund der See läget! (er wirft das Fenster zu)

Xury. Hartherziger Schelm!

Georg. Biet' ihm Geld.

Xury. Ihr scherzt, Herr! Ist Geld denn beredsamer als Unglück?

Georg. Biet ihm Geld, sag ich dir.

Xury. Wir haben ja keines.

Georg. Nur um dir zu beweisen —

Xury. Nun wie ihr wollt. (gegen das Fenster) He! guter Freund! wir verlangen deine Mühe nicht umsonst.

Heinrich. (am Fenster) Was sagt ihr da?

Xury. Mach auf, wir wollen dir Geld geben.

Heinrich. Geld? o dann seid ihr überall willkommen. Ich bin den Augenblick bey euch. (er macht das Fenster zu)

Xury. Bestie, wenn das dein Herr wüste, er ließe dich todtschlagen.

Georg. Guter Sohn der Natur, du wirst noch aus manchen süßen Träumen geweckt werden.

Xury. Ey laß uns zurückkehren nach Jamaika.

Heinrich. (mit einer Laterne) Da bin ich schon. Was giebt es hier zu verdienen?

Xury. Ein Gotteslohn.

Heinrich. Sonst nichts?

Xury. Hast du etwa schon ein Kapital davon gemacht?

Heinrich. So ein Kapital trägt schlechte Zinsen.

Xury. Narr! Gott schlägt die Zinsen zum Kapital, und bezahlt es dort mit einander.

Heinrich. Habt ihr mich herabgerufen, um mir einen Sittenspruch vorzuleyern?

Xury. Wir wollten dir nur sagen, daß du ein Schlingel bist. Konntest du nicht g l e i c h kommen, als du hörtest, es stünden ein paar Schiffbrüchige vor deiner Thüre. Verkaufst du dein Mitleid um Geld? pack dich nur wieder hinein! mit einem solchen Vieh mögen wir nicht eine Stunde unter einem Dache hausen.

Heinrich. (beleuchtet ihn) Du s c h w a r z e r Teufel! ich lasse ein paar Handfeste Kerls kommen, und dich windelweich prügeln.

Xury. (den Arm schwingend) Ja laß sie nur kommen, du w e i s s e r Satan! es soll mir lieb seyn, wenn ich Gelegenheit finde, mir den Frost ein wenig aus den Gliedern zu baxen.

Georg.

ein Schauspiel.

Georg. Guter Freund, wer wohnt in diesem Hause?

Heinrich. Der Baron Westerland.

Georg. Ludwig Westerland? aber Baron — ist er schon seit lange Baron?

Heinrich. Nicht so lange, als nöthig ist, um klug zu werden.

Georg. Sein Herr ist also kein geborner Edelmann?

Heinrich. Ich war nicht bey seiner Geburt, und der adeliche Stempel wird im Mutterleibe sehr unleserlich aufgedruckt.

Georg. Ist dieses Land sein Vaterland?

Heinrich. Sein Vaterland ist überall, wo man Austern und Champagner haben kann.

Georg. (bey Seite) Das muß ich näher untersuchen.

Heinrich. Aber ich finde eben, daß die Zeit zur Conversation sehr unbequem gewählt ist. Ihr seid durch und durch naß, ihr armen Schelme. Nun, ich will euch beweisen, daß der Punsch mein Herz zur Mildthätigkeit erwärmt hat. Kommt herein, wir wollen dem Kutscher ein gutes Wort geben, daß er euch ein Plätzchen im Stalle anweist.

Georg. (bey Seite) Ich in meines Bruders Stalle? Lieber sterben unter freiem Himmel. (laut) Ich danke euch mein Freund, ich bedarf eurer Hülfe nicht.

Heinrich. Nun zum Geyer! warum vexirt ihr mich denn herunter? gerade da einer von unsern

Gästen das intereſſanteſte Quinzeleva von der Welt gebogen hatte.

Xury. Um dir zu ſagen, daß du ein Grobian biſt. Bey mir zu Lande führt man die Gäſte nicht in den Stall. Man giebt ihnen Reiß zu eſſen, und einen Schluck Rum zu trinken, und ein Bett ſo gut mans hat; verſtehſt du mich?

Heinrich. So ſind die Leute bey dir zu Lande Narren. (Indem er wieder hineingeht, und die Thür verſchließt) Wo kein Geld iſt, da iſt auch kein Schweitzer. Umſonſt iſt der Tod. Deine Anweiſung auf das ewige Leben iſt ſchon längſt verrufene Münze. (Ab.)

Zwölfter Auftritt.

Xury und Georg.

Xury. Verdammter Hund! lieber will ich in der Afrikaniſchen Wüſte Tyger bekämpfen, oder in der neuen Welt in das Grab einer Silbergrube hinabſteigen. Unter jenen herumwallenden Leichen giebt es noch Menſchen.

Georg. Ereifere dich nicht, guter Xury, miß nicht das kultivirte Land nach dem Maaßſtabe deiner rohen Güte; Verfeinerung erzeugt Bedürfniſſe, Bedürfniß unterdrückt mehr oder minder die Stimme der Natur.

Xury. Recht gut, Herr. Ich kümmere mich auch wenig um eine ſchlafloſe Nacht unter freiem Himmel. Aber Eines vergönnet mir zu fragen, wenn

wenn ihr wußtet, wie eure Landsleute denken, warum verließt ihr unsere friedliche Hütten? eure blühenden Plantagen? warum verkauftet ihr all' eure Haabe, und wagtet euch auf jenes stürmische Element, um in ein Land zu schiffen, wo man mehr Häuser, aber weniger Menschen sieht, als bey uns.

Georg. Weißt du, was das ist? Vaterland?

Xury. (freudig) O ja, das ist der Ort, wo ich geboren bin.

Georg. Wie ist dir zu Muthe, wenn du an diesen Ort denkst?

Xury. Ach! es ist nun schon lange, lange, daß ich ihn nicht gesehen habe. Ich war kaum sechs Jahr alt, als ein Portugiesischer Schiffer mich kaufte, und nach Jamaika schleppte, aber immer noch wollte ich euch die Gegend malen, wo die Hütte meiner Eltern stand. (begeistert und schnell) Es war am Bache, rechter Hand ein Hügel, und linker Hand ein kleiner Busch. Auf den Hügel pflegte meine Mutter zu steigen, wenn sie meinen Vater von der Jagd zurück erwartete. Ich hing mich dann an sie, hüpfte meinem Vater entgegen, er gab mir ein Stück Wild, das trug ich ihm nach, und meynte Wunder, wie wichtig meine kleine Person sey. — (sehr bewegt) Ach! verzeiht mir Herr! wenn ich noch an die Hütte denke —

Georg. Begreifest du mich nun?

Xury. — Wo ich die frohen Jahre der Kindheit durchlebte —

Georg. Vaterstadt! wo ich die Unbefangenheit des Knaben Alters genoß —

Xury. — Wo jeder Baum, jede Staude mit mir aufwuchs —

Georg. Noch wollte ich jedes Höckerweib malen, das an der und der Ecke saß —

Xury. Noch höre ich das Zwitschern der Vögel, das Murmeln des Bachs —

Georg. Noch summt der Glocken Ton, vom nahen Kirchenthurm, in meinen Ohren —

Xury. Da stehe ich neben meinem Vater am Bache, und sehe die Fische zappeln —

Georg. — Da hüpfe ich um den Tisch meiner Mutter, wenn sie Kuchen bäckt —

Xury. Ein Fischgen in meinen Wassertopf — o wie lustig sprang ich davon!

Georg. Ein Stück Kuchen in meiner Hand, und alle meine Wünsche waren befriedigt.

Xury. Ob ich wohl noch einmal in meinem Leben wieder dahin kommen werde, wo die kleine Hütte steht? vielleicht steht sie nun schon lange nicht mehr! Ob wohl mein Vater, meine Mutter noch leben? — Sie müssen nun schon sehr alt seyn.

Georg. Und mein Vater — ach! — brechen wir davon ab, Xury, laß uns noch einen Versuch machen, unter Dach zu kommen. Ich sehe dort noch Licht brennen, (auf die Fischerhütte zeigend) vielleicht nimmt man uns auf.

Xury. Dort? — Herr, das Haus ist sehr klein; hat man uns von der Thür des Reichen weggewiesen, wie könnt ihr hoffen, unter dem Dache eines Armen eine Zuflucht zu finden?

Georg.

Georg. Schon wieder fehl geschlossen. Der Arme weiß, wie dem Armen zu Muthe ist.

Xury. Ja, aber er hat nichts; und der Reiche hat.

Georg. Der Arme theilt sein Nichts, und giebt mehr, als der Reiche hat.

Xury. Das versteh ich nicht.

Georg. Schon gut, wir wollen sehen, wer die Menschen besser kennt. (er klopft an die Hütte)

Der Fischer. (inwendig) Wer da?

Georg. Ein Unglücklicher, der Schiffbruch gelitten.

Der Fischer. Ich komme gleich.

Georg. (zu Xury) Was sagst du nun?

Xury. Ich sage, daß hier zu Lande die verkehrte Welt ist.

Dreyzehnter Auftritt.

Der Fischer. Die Vorigen.

Der Fischer. (mit einer Laterne) Wer klopft denn noch so spät? oder so früh, wollt ich sagen.

Xury. Bruder, hast du Platz in deiner Hütte für zwey Menschen und einen Papagoy?

Der Fischer. Die Hütte ist klein, aber wenn euch an wenig Platz, und viel gutem Willen gnügt, so ist sie groß genug.

Xury. Wir haben aber nichts, womit wir es dir vergelten können.

Der Fischer. Doch wohl eine Anweisung auf Gottes Lohn?

Xury. Die ist hier zu Lande verrufene Münze.

Der Fischer. (andächtig gen Himmel blickend) Dort gilt sie wieder.

Xury. (froh bewegt für sich) Mich dünkt, das sey meines Vaters Hütte.

Der Fischer. Ich sehe, ihr seyd ganz durchnäßt. Ihr seyd gewiß mit dem Schiffe verunglückt, das den ganzen Tag auf der Höhe herumtrieb?

Georg. Ja, guter Alter, wir stießen auf Klippen, das Schiff bekam einen großen Leck, füllte sich plötzlich mit Wasser, und sank.

Der Fischer. Ich habe es wohl gedacht; ist gar ein beschwerliches Einlootsen in diesen Hafen. Aber habt ihr denn die Tonnen nicht gesehen?

Georg. Die Wellen verschlangen sie jeden Augenblick, und wenn auch — der Sturm —

Der Fischer. Freilich, das Wetter war gar zu unfreundlich, da läßt sich kein Schiff regieren. Nun so kommt herein! trocknet eure Kleider, aber mit den Betten sieht es übel aus. Ich habe da schon einen alten Mann in meinem Hause, den hat mir auch das böse Wetter zugeführt, dem hat meine Tochter ihr Bett eingeräumt; er liegt in ihrer Kammer. Mein Bett steht euch zu Diensten, aber du, Schwarzer, du wirst wohl mit einem Bund Stroh vorlieb nehmen müssen.

Xury. Die Art, wie du dein Stroh giebst, macht es zu Eyderdunen.

Der

Der Fischer. Der Mensch thut nichts umsonst. Ich hatte auch einmal einen Sohn, der vor vielen Jahren als Matrose nach Indien gieng. Er hieß Niklas Fürchtegott Röder. Ich habe nichts wieder von ihm gehört. Vieleicht ruht er schon lange im Meeresgrunde. Vieleicht fange ich manchen Fisch, der sich von seinem Fleische genährt hat. Vieleicht aber auch nicht. Man hat der Exempel, daß ein junger Kerl nach vielen Jahren glücklich und wohlhabend wieder heimgekehrt ist. Da will ich nun hoffen und harren, so lange meine morschen Glieder noch zusammen halten, wie mein altes geflicktes Netz. Da will ich denken: wer weiß, wo mein Sohn Niklas jetzt Wohlthaten empfängt! und das will ich vergelten, an jedem Unglücklichen, der mir aufstößt. Kommt herein!

Xury. Vor dem schönen großen Hause hat man uns abgewiesen.

Der Fischer. Das glaub ich wohl; wenn ihr ein paar Dirnen, ein paar Spieler, oder ein paar Pferde gewesen wäret, so würde man euch schon hineingelassen haben, da findet ihr es doch bey mir ruhiger und besser. In dem Hause spuckt es.

Xury. Es spuckt?

Der Fischer. Das schlimmste Gespenst, das böse Gewissen geht drinn irre. Nein, Gott sey Dank! ich bin drey und siebenzig Jahr alt, gesund, froh und wohlgemuth. Ich bin in meinem Leben nicht krank gewesen, die Arbeit ist mein Arzt, mein Koch und mein Kellermeister. Ich wohne freilich nur in einer armseligen Hütte, aber eine Hütte, die mein frohes Lachen hört, ist mehr werth, als ein Pallast, der meine Thränen sieht. Kommt herein! in einer Viertel=Stunde wißt ihr meinen ganzen Lebenslauf auswendig.

Xury. Und werde ihn nie wieder vergessen.

(sie gehn alle drey in die Hütte)

Ende des ersten Aufzugs.

Zweyter Aufzug.

Erster Auftritt.

Ludwig im Ueberrocke aus dem Hause schleichend; hernach Heinrich.

Ludwig.

Hurtig, hurtig! alles ist todt.

Heinrich. (von innen) Ja, unsre Sünden leben.

Ludwig. Verdammtes Glück! grade, da ich dich so nöthig habe—

Heinrich. (indem er einen Mantelsack hinlegt) Mußte ich zu viel trinken, und übertölpelt werden.

Ludwig. Kerl! itzt keinen Scherz— mach, daß wir fortkommen!—

Hein=

ein Schauspiel.

Heinrich. Warten Sie nicht nach mir! ich komme nach. (geht hinein)

Ludwig. Welcher Teufel verblendete mich, mein Geld an Leute zu verlieren, die ich übersehn konnte! — Wenn die Engländerinn — Nein, nein — Wie soll ich meinen Mangel, meine Schulden, meinen Vater vor ihr verbergen! — Mein alter Vater! — Weg mit dieser Erinnerung! — (zur Thür hinein) Heinrich, hurtig! der Tag bricht an.

Heinrich. (bringt noch einen Mantelsack) Sind Sie noch da? — Ich vermuthete Sie schon im Hafen.

Ludwig. Damit du dich desto sichrer mit meiner Garderobe davon machen könntest?

Heinrich. Wäre das etwa nicht freundschaftlich? würde Ihre Bürde nicht leichter, und meine schwerer? und muß in dieser Welt nicht einer dem andern tragen helfen?

Ludwig. Mensch! wie du noch scherzen kannst!

Heinrich. Traurigkeit macht schwere Beine, und wir bedürfen leichter Füsse, wenn uns die Creditoren nicht ereilen sollen.

Ludwig. Aber Heinrich, wenn mein Plan mit der Engländerinn —

Heinrich. Possen! — um das Weib zu fangen, hätten Sie sich von einer ganz andern Seite zeigen müssen. — Selbst als würklicher reicher Baron hätten Sie nichts ausgerichtet. — Also fort — fort!

Ludwig. Du hast doch nichts vergessen?

Heinrich. Eine ziemliche Portion unbezahlter Rechnungen ausgenommen, kann sich keine Motte an unserm Nachlaß laben. — Halt! — ich muß die Thüre verschließen! das leere Nest könnte üble Gedanken verursachen. —

Ludwig. (im Abgehen) Ich gehe in die Türkey und werde ein zweiter Bonneval.

Heinrich. (hat die Mantelsäcke genommen, und folgt ihm) Ich gehe nach Eldorado, und sammle Kieselsteine.

Zweyter Auftritt.
Der alte Richard aus der Hütte.

Nein, ich kann nicht schlafen, indessen mein kranker Ludwig vielleicht eine bange Nacht in Fieberhitze durchwacht. Mögen die armen Schiffbrüchigen, die ich in der Stube des alten Fischers reden hörte, meine Kammer und mein Bett einnehmen; ich will indessen für Ludwig beten. — Der Morgen graut, es ist noch so heimlich und still auf den Straßen, ein einzelner Fußtritt schallt bis ans Thor; so ausgestorben, so feierlich, und die dämmernde Beleuchtung des ersten Morgenroths — o! das giebt eine herzige Stimmung zum Gebet! — Ich will mich hieher setzen, (er setzt sich auf den Beischlag vor Amaliens Hause) und warten bis es völlig Tag wird, und lauschen nach jedem Schatten, den ich hinter den Vorhängen wandeln sehe. — Es giebt einen heitern Morgen nach einer stürmischen Nacht! Bild unsers Lebens! ach ja! ich habe auch schon manchmal meine Sonne auf- und untergehn sehn, und da hab ich nun

nun Vertrauen zu Gott! — So frisch und jugend=
lich, wie jenes Morgenroth, war mein Ludwig, als
ich ihn aus meinen Armen ließ, blaß und entstellt
sollt' ich ihn wieder finden. — Geduld — hagere
Wangen füllen sich wieder aus, matte, hohle Augen
glänzen wieder; wenn nur die Seele nicht kränkelt,
da hilft kein Arzt! — Gott! träufle du mit die=
sem Morgenthau heilende Kraft auf ihn herab! Es
wird doch schon lebendig in der Stadt. Da höre
ich in der Ferne einen Schmidt arbeiten, und auch
das Rad eines Ziehbrunnens knarren. Fleiß und
Kummer sind doch immer am ersten wach! Ha! der
alte Fischer! —

Dritter Auftritt.

Richard. Der alte Fischer setzt sich vor seiner
Thür hin, flickt ein Netz, und singt.

In der Welt hat Jedermann sein Netz!
Jeder sucht sich einen Fisch zu fangen:
Weibernetze sind geschminkte Wangen,
Süße Worte, goldne Spangen.
Fürstennetz, ein Ordensband;
Dichternetze, feine Lügen;
Der Soldat läßt für das Vaterland
Durch das Netz der Ehre sich betrügen,
Liebesnetz, ist Schwur der ewgen Treu;
Der Schmarutzer fängt durch Schmeicheley
Sich den Bissen von des Großen Tische;
Aber ich — ich fange Fische.

Richard. Gott gebe euch einen guten Morgen lieber Alter!

Fischer. (wirft sein Netz hin, und tritt vor) Was? — Ja, so wahr ich lebe! — Ich denke, ihr schlaft noch in sanfter Ruh! — warum verlaßt ihr denn euer Bett, und setzt euch da auf den harten Stein? Ihr habt doch der Ruhe so nöthig!

Richard. Ruhe? Guter Alter, ich weiß von keiner. Mein Herz wird von zärtlichen Besorgnissen geängstet. Ihr seid ja auch Vater, ihr müßt es wissen, wie es einem ist, wenn man sich nach seinem Kinde sehnt.

Fischer. Ich sollt' es denken. Aber es ist ja noch so früh am Tage. Besser wärs, ihr ruhtet erst aus, und suchtet dann euern Sohn auf.

Richard. Ach, ich hab' ihn schon gefunden, guter Mann — aber ich kann ihn nicht sprechen, der arme Junge ist krank.

Fischer. Da dauert ihr mich, armer Herr. Nun wartet nur, bis es vollends Tag ist, dann will ich euch hinbegleiten. Ihr seid schwach und bedürft einen Führer.

Richard. Ich danke euch. Aber ich habe nicht weit zu ihm, dort in jenem Hause gegenüber.

Fischer. Da euer Sohn? — Ach du lieber Himmel!

Richard. Ihr seht mich so traurig an? ihr wißt also auch, daß er krank ist? Es steht wohl sehr schlecht um ihn?

Fischer. Ja wohl steht es schlecht mit ihm.

Richard. O Gott!

Fi=

Fischer. Es wird bald aus mit ihm seyn.

Richard. Unglücklicher Vater! so muste ich kommen, ihm die Augen zuzudrücken!

Fischer. Die Augen zuzudrücken?

Richard. Ja, diesen kläglichen Trost wird man mir doch nicht versagen! Ich muß hinein.

Fischer. Ich verstehe euch nicht, guter Herr. Euer Sohn ist nicht krank.

Richard. Nicht krank?

Fischer. Wenigstens nicht körperlich krank.

Richard. Nicht körperlich krank, was ist das? — Gestern Abends spät bin ich vor seiner Thüre; man weißt mich ab, man sagt mir, mein Anblick werde ihn zu sehr erschüttern.

Fischer. Pfuy! das ist zu arg! —

Richard. (ängstlich) Redet, redet!

Fischer. Euer Sohn taugt nichts, guter Herr. Ich weiß seine ganze Geschichte. Ein alter treuer Bedienter, den er vor einigen Wochen fortjagte, weil er zu ehrlich für ihn war, hat mir alles erzählt.

Richard. Das war gewiß mein guter Joseph.

Fischer. Richtig! so hieß er. Wir waren gute Nachbaren, plauderten manchen Abend miteinander. Es standen ihm immer die Thränen in den Augen, wenn er von der liederlichen Wirthschaft da drinnen sprach. Da ist ein Schurke im Hause, Namens Heinrich, der ist eures Sohns ganzes Unglück, der verführt ihn zu allem Bösen.

Richard. Der? Ist das mein Dank für meine Wohlthaten?

Fischer. Das sagte der alte Joseph auch. Euer Sohn verließ euch! nicht um euch die Last zu erleichtern; sondern, weils anfing knapp bei euch zu werden. Mit dem Gelde, das ihr ihm gabt, ging er nach Spaa; das große Spiel lockte ihn, der Teufel ließ ihn gewinnen, in vier Wochen war er ein Spieler.

Richard. Ach; so hat er die Ruhe seines alten Vaters auf eine Karte gesetzt — und verlohren.

Fischer. Anfangs ging es gut, das ist eben schlimm; wo kämen die vielen Bösewichter her, wenn das Böse nicht immer im Anfange zu gelingen pflegte? Er mag wohl ein acht bis neuntausend Thaler gewonnen haben.

Richard. Acht bis neuntausend Thaler? und mir schickte er nichts?

Fischer. Schwärmte von einer Stadt zur andern.

Richard. Und mir schrieb er nicht einmal?

Fischer. Hier ist er nun schon seit Jahr und Tag, hier hält ihn die Liebe, wie er es nennt.

Richard. Ohne Zweifel eine verworfene Dirne?

Fischer. Das nicht, es soll ein gutes braves Weib seyn, eine Wittwe, eine Engländerin. Aber wie der alte Joseph sagte, so mag sie ihn nicht, und da hat sie ganz Recht; vielleicht möchte er sie auch nicht, wenn sie nicht so reich wäre, und wenn er nicht auf den Hefen säße.

Richard. Alles wieder durchgebracht?

Fischer. Solches Gut bringt kein Gedeihen.

ein Schauspiel.

Verspielt, vertrunken. Heinrich, der feine Spitzbube, hilft ihn bestehlen.

Richard. Und gestern Abends war er zu Hause?

Fischer. Ja wohl, und hat die ganze Nacht gesoffen und gespielt.

Richard. O ich armer Vater, ich will mich wieder nach Hause betteln, und mich dort bei meinem guten Weibe einscharren lassen. Ja, ich will fort! der Boden brennt unter mir. Aber ich bin dem Schiffer, der mich herbrachte, noch 13 Thaler schuldig, und habe nicht einen Heller: wäret ihr nicht gewesen, so hätte ich gestern Abend hungrig zu Bette gehen müssen.

Fischer. 13 Thaler? Ach ich armer Mann! Hier sind 12 Groschen, meine ganze Baarschaft — nehmt vorlieb.

Richard. Gott segne dich, aber nein —

Fischer. Verschmäht meine Armuth nicht! ich bitt' euch!

Richard. Nein, guter Alter, ich will es nehmen, weil es euch kränken würde, wenn ich es ausschlüge.

Fischer. O welche Freude, wohlzuthun! es würde keinen Reichen geben, wenn der Reiche das zu fühlen vermögte. Nun will ich in der ganzen Stadt herumlaufen und die 13 Thaler für euch zusammen betteln. Gott befohlen!

Vierter Auftritt.

Der alte Richard (allein.)

Nein! der ist nicht vom Schicksal ganz verlassen, dem in der Noth ein Freund zum Trost erscheint! Reich oder arm, in Lumpen oder in Seide, immer ist Freundes Anblick tröstlich. Helfen kannst du mir nicht, guter Alter, aber erquickt hast du mich. (Er fällt in düsteres Nachdenken) Georg! Georg! das habe ich um dich verschuldet! Könntest du sehen, wie tausendfach mir dein Bruder die Härte vergilt, mit der ich dich einst in die weite Welt stieß! So wie ich hier fremd und hülflos, so hast du vieleicht herum irren müssen unter einem fremden Himmel. — O daß mein Seegen dich erreichen könnte, wie mich dein Fluch erreicht hat! — Ich bin sehr matt — dies Gespräch hat meine letzte Kraft erschöpft — (er sinkt auf die Bank vor Amaliens Hause) ach! ich bin sehr matt — was ist das — daß meine Augen mir zufallen — und ich doch nicht schlafen mag — (er sinkt in dumpfes Hinbrüten mit geschlossenen Augen.)

Fünfter Auftritt.

Georg aus der Hütte, ohne Richard gewahr zu werden.

Da bin ich also nun gerade wieder so weit, als ich vor zehn Jahren war, da ich mein Vaterland verließ. Nicht doch, damals hatte ich zehn Jahr
we=

weniger, und das ist viel. Auch konnte ich noch meine Ueberfarth nach Westindien bezahlen; heute bleibt mir nicht so viel, um meine Ueberfarth ins Reich der Todten zu erkaufen. Doch Klagen und Wimmern macht das nicht besser; bin ich doch erst 33 Jahr alt; was den Greis erdrücken würde, das schüttelt der Mann nur ab.

Ein schöner Morgen, keine Spur vom gestrigen Gewitter. Warum denn nur auf meinem Antlitz die Spuren des gestrigen Unglücks? Wo noch Kraft ist, da ist noch Hülfe. Ich will thätig seyn, ich will mich durchschlagen. Aber wie? Nach Bremen zu meinem Vater? nein. Das war mein Lieblingsplan, so lang ich Geld im Sacke trug, mich vor ihn hinzustellen, und zu sprechen: „Nun Vater, bin „ich jetzt eurer werth? Der schläfrige Georg, wie ihr „ihn immer nanntet, hat sein ehrliches Auskommen „sich erworben; der Fleiß hat ihm das Genie ent„behrlich gemacht." Aber so — durch meinen Anblick Wohlthaten von ihm heischen, — nein, das mag ich nicht! — Hier bei meinem Bruder? — Weiß ich doch noch nicht einmal, ob er mein Bruder ist? und vorausgesetzt er wäre es: ob er auch ein Mensch ist, dem ich verpflichtet seyn mag? — Nein, bei Verwandten muß man zuletzt Hülfe suchen. Es wird doch noch jemand in der Welt seyn, der einen rüstigen Geschäftsmann braucht. In dieser Stadt wohnen eine Menge Kaufleute; habe ich doch selbst hier einen Correspondenten. Den will ich aufsuchen, wann es nicht mehr so früh am Tage ist; der wird mir schon mit gutem Rath und

That — (er kehrt sich im Sprechen von ungefehr nach der Seite des Alten.) Gott was seh' ich! — (Pause — dann rasch) mein Vater! — (Pause — dann langsam den Blick vom Alten weg gen Himmel) mein Vater — (Pause — dann wieder starr nach dem Alten blickend, darauf sehr bewegt und abgewendet) Mein Vater! o mein alter Vater! Was ist das? — Wie kömmt der alte Mann hieher? — und hier auf die Bank? — Ist das Haus, welches mein Bruder bewohnt, das seinige? — warum hat er Bremen verlassen? — hat er sich hier etablirt? — Doch sein Aeußerliches scheint Mangel anzukündigen. Und sein Schlummer hier auf dieser Bank? was soll ich davon denken? — (er tritt näher) Sein Haar ist so grau geworden, seine Wangen eingefallen, seine Hände dürre: ach er muß viel Kummer gehabt haben! Wenn nur der Gedanke an seinen Georg ihm nie zum Vorwurf geworden! Mein Herz hat ihm verziehen.

Was thue ich? wecke ich ihn auf? — Nein ich bleibe hier, und bewache seinen Schlummer. Ob er mich wohl noch kennen wird? Zehnjährige Trennung, und manche sorgenvoll durchwachte Nacht haben auch mein Gesicht verändert. — Ob ich mich bey seinem Erwachen ihm zu Füßen stürze, und den Nahmen Vater stammle? oder ob ich versuche meinem Herzen zu gebieten? — Ja ich will lauschen auf die Stimme der Natur in dem seinigen.

Richard. (fährt erschrocken in die Höhe, und erwacht) Hu! das war ein böser Traum! Mein Sohn Georg
stand

stand vor mir, bleich und entstellt; ein hohler, strafender Blick — Hu! das war ein böser Traum.

Georg. Guter Alter, ihr sitzt da so in der Sonne, ihr werdet Kopfschmerzen bekommen.

Richard. Kopfschmerzen, mein Herr? Mein bischen Gehirn hat das Unglück ausgetrocknet.

Georg. Ihr seyd unglücklich, ehrwürdiger Greis?

Richard. Haben Sie das Trauerspiel, den König Lear, gesehen? Gott behüte Sie vor seinem Schicksale! — Mein Kopf wird sehr schwach.

Georg. Sollten eure eignen Kinder —

Richard. Ich hatte zwey Söhne.

Georg. Und beyde —?

Richard. Nicht beyde! Keine Lästerung auf meinen guten Georg. Ihn verstieß ich, und sein Bruder verstößt mich, das ist Gottes gerechte Strafe! — O mein Sohn Georg! könnte ich noch einmal dich sehen, ehe ich sterbe! — Könnte ich mit der letzten Thräne, aus diesen vertrockneten Augen gepreßt, dich um Verzeihung meiner Härte anflehn — dich segnen —

Georg. (zu seinen Füssen) Segnet mich, mein Vater, segnet euren Sohn Georg!

Richard. (bebend erkennt seinen Sohn, will ihn an sein Herz drücken, und fällt ohnmächtig zurück)

Georg. Gott! die Entdeckung war zu rasch. Vater! Vater! — (gegen die Hütte) Xury! Xury! — Er stirbt — ach! was hab' ich gethan! (er sucht den Alten wieder ins Leben zu rufen)

Richard. (erholt sich nach und nach)

Georg. (stürzt in seine Arme)

Richard. (drückt ihn fest an sich, läßt ihn dann zitternd los, und fällt mit aufgehobenen Händen auf beyde Knien nieder) Vergebung, mein Sohn, Vergebung!

Georg. (versucht umsonst ihn aufzuheben, und kniet neben ihm) Guter Vater! nichts vom Vergangenen. — Ihren Seegen.

Richard (legt die Hände auf ihm) Dich segne der Gott, in dessen Gewalt allein es steht, kindliche Liebe zu belohnen. Er segne dich, so wie Er mir verzeihe!

Georg. (hebt den Alten auf, und setzt ihn wieder auf die Bank) Vergessen ist all mein Elend! vergessen die lange, zehnjährige Prüfungszeit! ich habe die Liebe meines Vater wieder! ich bin glücklich und froh! der Seegen meines Vaters ruht auf mir! ich bin reich! ich tausche mit keinem König!

Richard. Setze dich zu mir, Georg, daß ich dich betrachte, und die Züge deiner Mutter auf deinem Gesicht suche. — Ja, du bist es; das ist das Auge meiner guten Friederike, das ist ihr ganzer sanfter Blick. Gott! wie war es möglich, daß ein so holdes Weib auch die Mutter eines Ungeheuers werden konnte? Ach! die erquickende Frucht und die wurmstichige wachsen auf einem Baume. Dein Bruder — oder wie? — weißt du vielleicht schon? ich finde dich hier? wie, und warum finde ich dich hier? gehörst du auch in jenes Haus?

Georg. Nein, mein Vater, erst seit wenig Stunden bin ich in dieser Stadt.

Ri=

Richard. Gott sey Dank! du giebst mir das Leben wieder.

Georg. Aber mein Bruder? — Sie wollten von meinem Bruder reden.

Richard. Er verdient es nicht, daß wir diesen frohen Augenblick durch seinen Namen besudeln. Er — ich will alle seine Verbrechen in Ein Wort zusammen fassen — er verachtet seinen Vater.

Georg. Ich schaudere! aber sind Sie dessen auch gewiß, lieber Vater?

Richard. Klagt wohl ein Vater sein Kind an, ehe er seiner Verbrechen gewiß ist? Siebenzig Meilen weit komme ich armer, zu Grund gerichteter Mann hieher, weil ich höre, daß es meinem Ludwig wohl geht, und weil ich denke, es werde ihm noch besser gehn, wenn er mit seinem alten Vater theilen darf. In Sturm und Ungewitter trete ich bey heranbrechender Nacht vor seine Thür, und werde abgewiesen. Spieler und Spitzbuben melden sich, und werden eingelassen. — Ich hungere und sie — schwelgen. Mir sagt man, mein Sohn sey krank; ich bete und er sündigt. Mit einem Worte, Georg: hier ist deines Bruders Haus, und hier sitzt dein Vater unter freyem Himmel, ohne Dach und Fach.

Georg. Ha! das ist schändlich! (aufspringend) Ich will hinein. —

Richard. Bleib! sein Verbrechen ist zu groß, nur Gott kann es strafen! Gott stelle ich meine Sache anheim! Ich will zurück in meine Heimath, zieh mit mir lieber Sohn, willst du?

Georg. O mit Freuden.

Richard. Wo kommst du her?

Georg. Aus Westindien.

Richard. Gewiß nicht mit leeren Händen.

Georg. Gott hat meinen Fleiß gesegnet, aber die Wellen haben die Früchte desselben wieder verschlungen.

Richard. Das ist schlimm. — Doch ich habe dich wieder, ich drücke wieder einen Sohn an mein Herz, ich bin nicht arm. Mach nur, daß wir von hier fortkommen, denn hier wird mir nimmer wohl werden.

Georg. Ich ziehe mit Ihnen sobald Sie wollen.

Richard. Da ist der Schiffer, der mich herbrachte, ein böser rauher Mann, dem bin ich noch 13 Thaler schuldig, und habe nicht 13 Groschen; denn ich dachte hier viel zu finden. Wenn du nur machen kannst, daß wir diesen bösen Schuld-Herrn los werden, so wollen wir gleich aus dem Thore wandern.

Georg. Dreyzehn Thaler?

Richard. Ja, so viel wirst du doch gerettet haben?

Georg. Ach guter Vater! nicht einen Heller hab ich gerettet.

Richard. Nicht? — Gott prüft mich hart.

Georg. Ja wohl hart! Mein Bischen Reichthum konnt ich entbehren, aber die Freude, einen Vater zu helfen, soll ich auch die entbehren? Geduld! ich habe einen Correspondenten, der mich in allen Briefen Freund nannte; er verdankt mir manchen kleinen Dienst, manchen kleinen Vortheil;

er

ein Schauspiel.

er soll es mir heute mit Wucher vergelten. 13 Thaler, wenig für ihn, unendlich viel für mich! O für mich hätte ich nicht betteln können! ich eile zu ihm — aber — Sie hier so allein zu lassen — Xury! Xury! — Ich werde Ihnen einen Menschen vorstellen, den ich aus meinem Sclaven zu meinem Freunde machte. Sein Gesicht ist schwarz wie eine Kohle, sein Seele weiß, wie das Gewand eines Cherubims. — (gegen die Hütte rufend) Xury! Xury!

Sechster Auftritt.

Xury. Die Vorigen.

Xury. (gähnend) Ich komme schon.

Georg. Hieher, lieber Xury! schlaf ein andermal länger; komm und umfasse die Knie dieses Greises, er ist mein Vater.

Xury. Euer Vater? (er kniet vor dem Alten nieder, und setzt dessen Fuß auf seinen Kopf: der alte)

Richard. (reicht ihm die Hand)

Xury. (küßt sie)

Georg. Ich muß in die Stadt, dir vertraue ich ihn an, weiche nicht von seiner Seite.

Xury. Eher soll man die Löwinn von ihren Jungen trennen.

Georg. (eilt fort)

Siebenter Auftritt.

Richard Westerland. Xury.

Xury. Ihr seid sein Vater? das freut mich. Seht wie der große Geist jeden Blitz der entwichenen Nacht durch einen Sonnenstrahl wieder entkräftet. Mein guter Herr ist auch einmal wieder froh und muthig geworden. Wo ging er hin?

Richard. Zu einem Freunde, um etwas Geld zu leihen. — Bist du schon lange um meinen Sohn?

Xury. Seit sieben Jahren. Er kaufte mich los aus einer harten Sclaverey, mich und noch fünf meiner Kameraden. Ach! er hat es immer gut mit uns gemeynt. Ein paar Jahre hinter einander strafte der große Geist das Land mit Mißwachs, viele der andern Sclaven verhungerten, bey uns war immer voll auf. Und als er nun die schöne Plantage verkaufte um in sein Vaterland zu gehen, da hättet ihr das Jammern und Winseln hören sollen! ja einen solchen Herrn bekommen sie freilich nicht wieder.

Richard. Sage mir, Xury, hat er wohl auch meiner gegen dich erwähnt?

Xury. Oft, sehr oft.

Richard. Und immer mit einer Verwünschung?

Xury. Je pfui; wir haben einen Papagoy, ihr sollt ihn sehen, es ist das Einzige, was wir aus dem Schiffbruch retteten, mein Herr hat ihn selbst erzogen, und ihn allerley sprechen gelehrt. Zum Beyspiel: bete Georg! fasse Muth, bete für den Vater! Wann er sich den ganzen Tag müd und matt gearbeitet hatte, und er des Abends nach Hause kam, dann rief der Vogel ihm zu: Bete Georg! bete für den Vater! Da habe ich oft gesehn, wie er auf seine Knie fiel, und den großen Geist bat, euch zu segnen.

Richard. Genug, genug! du thust meinem Herzen wohl und wehe. Ach Xury! ich hatte noch einen Sohn.

Xury. Noch einen? ist er gestorben?

Richard. Wollte Gott, er wäre todt, so dürfte ich ihn noch lieben. Er ist meinem Herzen fremd geworden. Er verstößt mich, verachtet mich. —

Xury. Pfui!

Richard. (trocknet sich die Augen)

Xury. Ich möchte solche Thränen nicht auf meiner Seele haben, ich denke, sie müssen brennen, wie die Mittags-Sonne unter der Linie!

Richard. Er lebt herrlich, und in Freuden.

Xury. So; ob das auch wohl lange dauern wird. Ich denke immer, der Himmel sey noch so heiter, der Bösewicht hört immer den fernen Donner, und zittert vor ihm. — Weinet nicht, alter Herr, eure Thränen werden ihn weder bessern, noch tödten. Kommt mit mir in die Hütte, hier sperren die Vorübergehenden die Mäuler auf. Dort wohnt ein armer Mann mit einem reichen Herzen. Er wird euch mit einem Schluck Rum erquicken, und dann könnt ihr vielleicht ein wenig schlummern, bis mein Herr zurück kömmt.

Richard. Ach Xury! giebt es in Afrika und Amerika auch solche unnatürliche Söhne?

Xury. Nein, alter Herr, in Afrika nicht. Aber in Amerika wohnt ein Volk, das schlägt seine Greise todt, wenn sie nicht mehr fort können, und nimmt vorher den zärtlichsten Abschied von ihnen.

Richard. Besser, Xury! Zehnmal besser, einen Kuß auf den Mund des Vaters, und eine Keule auf sein Gehirn, als tausendfach gemordet zu werden. Ach, die erste Thräne die geweint wurde, war die Thräne eines unglücklichen Vaters. (er wankt in die Hütte)

Achter Auftritt.

Xury allein.

(ihm nachsehend) Ich möchte solche Thränen nicht auf meiner Seele haben. — Ist das das Land, wo die Menschen frey sind? nicht Sklaven ihrer Herren, aber zehnfache Sklaven ihrer Lüste? — Grosser Geist! erhalte mich bey meiner sklavischen Denkungsart! Heiß ist das Land, wo ich geboren wurde, rauh sind die Sitten meines Volkes; aber solche Thränen habe ich nie dort weinen sehn.

ein Schauspiel. 191

Neunter Auftritt.

Georg und Xury.

Georg. (niedergeschlagen und finster) Wo ließeſt du meinen Vater?

Xury. In die Hütte brachte ich ihn.

Georg. Xury, ich brauche dreyzehn Thaler.

Xury. Ich hab nicht einen Heller.

Georg. Das weis ich, aber das Geld muß herbey, und ſollten wir es auch aus dem Mittelpunkt der Erde kratzen.

Xury. War euer Freund auch ein ſo feiner Zeiſig, und ließ euch hülflos ziehen? Ja Herr, eine gute Quelle erkennt man in der Zeit der Dürre.

Georg. Du thuſt ihm Unrecht, er ſtarb vor wenig Wochen, ich fand ſeine Wittwe in Trauer und Thränen.

Xury. Er ſtarb? Ja dann iſt er außer Schuld. Aber ungelegner hätte er doch nicht ſterben können! (er ſinnt einen Augenblick nach) Wißt ihr was, Herr, verkauft mich.

Georg. Pfuy! Xury, ich treibe keinen Menſchen=Handel, du biſt in einem freyen Lande, und was mehr iſt, als das; du biſt mein Freund.

Xury. Eben deswegen. Euer Feind wird ſich nicht für euch verkaufen laſſen.

Georg. Kein Wort mehr!— Ich brauche wenig; dreyzehn Thaler, um einen ungeſtümen Gläubiger zu bezahlen — Mir fällt etwas bey. Lauf, hole unſern Papagoy. Die Stadt iſt groß, es
giebt

giebt der Narren genug darin, die ein paar Goldstücke wegwerfen, um das Vergnügen zu haben, einen bunten plappernden Vogel auf das Fenster zu stellen. Denn das gehört mit zum guten Ton. Geh, biet ihn feil, aber keinen Heller unter dreyzehn Thalern.

Xury. Ach du lieber Gott! mein Jako! Lieber wollt' ich mir das Wamms vom Leibe verkaufen.

Georg. Ich auch, aber das bezahlt uns Niemand.

Xury. Der Vogel ist ja das Einzige, was wir noch haben.

Georg. Eben deswegen gehört es meinem Vater.

Xury. Er hat mir immer aus dem Munde gefressen.

Georg. Mein Vater hungert.

Xury. Nun so fahre wohl, lieber Jako, du wirst vielleicht in Hände gerathen, wo du mehr Zucker und Mandeln bekömmst, als bey mir, aber es wird dich doch keiner so lieben, als ich.

Georg. Auch mein Herz hängt an dem Vogel. Er hat mir manche unschuldige Freude gemacht. Doch es muß seyn, komm!

Xury. Armer Jako, lebe wohl! (beyde gehn in die Hütte.)

Ende des zweyten Aufzugs.

Drit=

Dritter Aufzug.

Erster Auftritt.

Betty, hernach Amalie.

Betty. (erscheint, und bereitet den Theetisch. Bald darauf auch)

Amalie. (in einem reizenden Negligee, sie setzt sich hinter den Theetisch, schenkt ein, und trinkt)

Betty. (macht Butterbrod zurecht)

Amalie. Der Thee taugt nichts.

Betty. Er taugt immer nichts, wenn Mylady verdrießlich sind.

Amalie. So? bin ich verdrießlich? und worüber?

Betty. Das nicht, nein.

Amalie. Ich frage, warum du mich verdrießlich glaubst.

Betty. Je nun, entweder Sie wissen es schon, und dann brauche ich es Ihnen nicht zu sagen; oder Sie sind verdrießlich, ohne selbst zu wissen, warum, und dann will ich es Ihnen schon sagen.

Amalie. Du machst mich neugierig.

Betty. Sie sind verliebt.

Amalie. In deine Katze?

Betty. In den Baron Westerland.

Amalie. Wirklich? macht er dir so etwas weiß?

Betty. Ey nun, wer wird denn bey einer Mannsperson auf das Gesicht sehen? und so gewaltig braun ist er doch auch nicht.

Amalie. Wäre doch dein Mund eben so fest verschlossen, als dein Ohr.

Betty. Schlossen und Platzregen, ja es war ein gewaltig böses Wetter.

Amalie. Du sprichst von der vergangenen Nacht? und doch hat das Donnerwetter mich weniger im Schlaf gestört, als das Sausen und Brausen dort gegenüber. Da hab' ich singen, jubiliren, und Gläser klingen hören. Es war, als wenn sie den Donner statt der Pauken bestellt hätten, beym Gesundheittrinken zu accompagniren.

Betty. Ich liebe die Pauken nicht.

Amalie. Das nimmt mich Wunder. Es ist doch das einzige Instrument, welches du zu hören vermagst.

Betty. Nein, die Vocal=Musik ziehe ich vor.

Amalie. In London, nicht wahr? wenn Händels Meisterwerke von neunhundert Künstlern verewigt werden? dann reichen deine Ohren gerade hin.

Betty. O ja, wenn ich reich wäre! —

Amalie. Ha! ha! ha! die drolligste Unterhaltung von der Welt. Aber doch bey alle dem langweilig, wenn man sie täglich hat. Und nun vollends ein Mann, den man auch täglich hat, und immer hat, und den man doch so selten braucht.

Betty. (welche sehr aufmerksam zuhörte) Also bedarf man seiner doch zuweilen?

Ama=

Amalie. Ey nun ja, so beym Donnerwetter wie in der vergangenen Nacht, um ein Lied aus dem Gesang-Buch vorzulesen.

Betty. Beym Donnerwetter nur? Ach, Mylady! es giebt manches Ungewitter im menschlichen Leben, wo es einem sehr wohlthun mag, wenn man in den Armen eines Freundes die Augen zudrücken darf, wenn es blitzt.

Amalie. Sieh! da hast du nichts dummes gesagt. Ach ja, allein genießen, und allein leiden, ist beydes gleich traurig. Ich bin noch jung genug, um zu fühlen, daß Liebe mir mangelt; aber ich bin auch alt genug, um zu begreifen, daß Liebe ohne Hochachtung nur ein artiges Kind ist, mit dem man wohl einmal eine Stunde tändelt, aber es hernach wieder laufen läßt, und ihm höchstens nachruft: komm bald einmal wieder, lieber kleiner Knabe!

Betty. (sich umsehend) Wo ist er denn?

Amalie. Ist es meine Schuld, daß ich noch nicht fand, was ich suchte? ist es meine Schuld, daß es so viele Menschen in der Welt giebt, die man nur lieben kann?

Betty. (für sich) Sie bewegt den Mund, ich merke, daß sie redet, aber nicht mit mir.

Amalie. Ich habe weder Eltern, noch Vormund, die meine Jugend leiten! so muß ich denn wohl die Vernunft zu meinem Vormund machen. Die will ich ausschicken, mir einen Gatten zu wählen; das Herz will ich nur zur Bedienung mitgeben.

Zweiter Auftritt.

Vorige. Xury mit dem Papagoy.

Xury. Papagoy! wer kauft! wer kauft!
Betty. Hu! der ist schwarz!
Xury. Guten Tag. Wollt ihr meinen Papagoy kaufen?
Amalie. Kann er reden?
Xury. O ja, er plaudert vom Morgen bis auf den Abend.
Amalie. Wie viel willst du dafür haben?
Xury. Drey Louisdor.
Betty. Bist du toll? hier kauft man die Papagoye zu einem Dukaten.
Xury Das ist mehr, als ich für dich geben würde, und weniger als eine einzige Feder von meinem Papagoy werth ist.
Betty. Du bist sehr höflich.
Xury. Man kann nicht alles zugleich seyn, ich bin ehrlich. — Wollt ihr kaufen, schöne Frau? ich habe Eile. Wenn ihr das Geld entbehren könnt, so thut es immer, ich verkaufe euch etwas, das hundert Thaler werth ist, den Papagoy gebe ich euch oben drein.
Amalie. Und das wäre?
Xury. Die Freude, eine Wohlthat gethan zu haben.
Amalie. Du gefällst mir. Komm, ich will dir das Geld auszahlen.

Xury.

Kurp. Nun, guter Jako, lieber Landsmann, wir sehen uns heute zum letzten male. Lebe wohl. Führe dich gut auf, mache deiner Erziehung keine Schande. (er folgt Amalien in das Haus)

Dritter Auftritt.

Betty allein.

Das ist nun wieder so ein Einfall! — Was gilts, sie kauft den Vogel, um ihn Morgen einer mitleidigen Seele in Pension zu geben. — Immer sagt sie, Betty! du hast Launen, und sie ist doch aus lauter buntschäckigen Launen zusammen gesetzt. Wenn sie etwas Großes, Glänzendes erzählen hört, da schießen ihr gleich die Thränen in die Augen, und da steht sie gemeiniglich im Begriff einen dummen Streich zu machen. In solchen Fällen denkt sie oft weder an Stand noch Geschlecht. Ihre Gunst kann man durch Kleinigkeiten gewinnen, und durch Kleinigkeiten verscherzen. Schon zweymal stand sie im Begriff, ansehnliche Heyrathen zu vollziehen, der eine Liebhaber war ein Lord, der gefiel ihr, weil er in einem Trauerspiele weinte; und sie gab ihm den Abschied, weil er, als er sie eines Tages im Cabriolet spazieren fuhr, die Pferde ein wenig peitschte. Du lieber Gott! und er peitschte doch nur ihr zu gefallen. — Nun frag ich: hat Betty solche Launen? der andere war ein reicher Baronet, der warf einmal, als man in einer großen Gesellschaft für einen abgebrannten Prediger Geld sam=

sammelte, seinen ganzen Beutel in den Hut. Husch!
hatte er ihr Herz weg, hernach erfuhr sie, er habe
einen alten treuen Bedienten fortgejagt, der zwan=
zig Jahr in seines Vaters Hause gewesen war.
Bautz! gab sie ihm den Korb. — Hat Etty wohl
solche Launen? Ein andermal wollte sie mit des
Henkers Gewalt einen armen Schiffs=Lieutenant
heyrathen, weil er mit Gefahr seines Lebens eine
schwangere Frau gerettet hatte, die ins Wasser ge=
fallen war. Zum Glück wurde der junge Herr
schleunig kommandirt, und segelte mit einer Estadre
davon. — Hat Betty solche Launen? Da kommt
er wieder. Es muß doch kurios seyn, so einen
schwarzen Mann zu haben. Ich muß ein Bis=
chen mit dem Burschen plaudern. (laut) Höre doch,
Schwarzer!

Vierter Auftritt.

Xury und Betty.

Xury. (zählt das Geld, welches er empfangen,
emsig in seiner Hand)

Betty. Bist du verheyrathet?

Xury. (das Gepräge eines Goldstückes betrachtend)
Das ist ein Weib.

Betty. Nun freylich, du Narr, mit einem Wei=
be. Heyrathen sich bey euch zu Lande die Männer?

Xury. Das Silber scheint mir von schlechtem
Gehalt zu seyn. Die Nase ist roth.

Betty.

ein Schauspiel.

Betty. Was, das sagt mir ein Schelm nach! Denkst du etwa, es wäre meine Art, zu tief ins Glas zu sehen?

Xury. Wessen Bild mag es doch seyn? das Weib ist hübsch genug.

Betty. (sich brüstend) Man hat sich konservirt.

Xury. Da steht etwas geschrieben. Ich muß doch sehen, ob ich mein Bißchen lesen noch nicht verlernt habe. (er buchstabirt) E — li — sa — beth.

Betty. Ja so heisse ich, aber kurz weg nennt man mich Betty.

Xury. (indem er das Geld in die Tasche schiebt) Was zum Teufel plauderst du? Sie ist toll oder taub. Leb wohl!

Betty. (ihn zurückhaltend) Nein, so haben wir nicht gewettet.

Xury. Wir haben gar nicht gewettet.

Betty. Aber wir werden wetten.

Xury. Worüber?

Betty. Daß du dich in mich verlieben wirst.

Xury. Ich? — Ha! ha! ha! ja wärst du in Afrika.

Betty. Je nun, wenn es nur nicht so weit wäre. Indessen was der Himmel einmal beschlossen hat —

Xury. Glänzend schwarz, wie Ebenholz —

Betty. Ey darüber seh ich weg —

Xury. Aber ich nicht.

Betty. Du bist gar zu bescheiden. Wenn ich nur für dich hübsch genug bin.

Xury. Hm! der Mund —

Betty.

Betty. (beißt die Lippen zusammen) Der Mund? ist er nicht klein genug?

Xury. Eben deswegen! Breit muß er seyn, die Lippe dick.

Betty. Wir verstehen uns nicht.

Xury. Es kommt mir auch so vor, drum geh ich.

Betty. So warte doch, ich habe dir noch viel zu sagen.

Xury. Und ich dir nichts zu antworten; denn wenn du auch schwärzer wärst, als du weiß bist, und wenn du nur einen Gedanken von einer Nase, und Lippen wie Leberwürste hättest, so geht doch mein Herr jetzt vor (geht ab)

Betty. Was schwatzt der wunderliche Mensch? Ein Gedanke von einer Nase? Lippen wie Leberwürste? meint er mich? Hat er Lust meine Nägel in seinen krausen Haaren zu fühlen?

Fünfter Auftritt.

Amalie und Betty.

Amalie. (hastig) Betty! Betty! Lauf ihm nach. Bring ihn zurück, ich muß ihn sprechen.

Betty. Warum? Warum?

Amalie. Das wirst du hernach hören. — Lauf! Lauf!

Betty. Aber wenn er nicht kommen will?

Amalie. So versprech ihm Geld.

Betty.

Betty. (indem sie geht) Ich glaube wahrhaftig, sie hat sich in den Schwarzen verliebt.

Sechster Auftritt.

Amalie allein.

Der seltsamste Papagoy, den ich je schwatzen hörte. Bete Georg, bete für den Vater, rief er mir deutlich zu. Dahinter steckt etwas, das ich enträthseln muß. Wer einen Papagoy statt Wer da? Gut Freund! und dergleichen, eine Ermahnung zum Gebet lehren kann, der muß seine besondere Ursachen dazu haben. Riefe der Vogel nur: bete Georg! so würde ich glauben, er habe einem Quäker zugehört; aber bete für den Vater! warum denn eben für den Vater?

Siebenter Auftritt.

Amalie. Xury. Betty.

Xury. Was wollt ihr, schöne Frau? ich habe große Eile.

Amalie. Warum so eilig?

Xury. In diesem Augenblick weint vielleicht ein Vater am Halse seines Sohnes, und Xury, der dumme Mensch kann helfen, und kommt noch nicht!

Amalie. Du kannst helfen? wie das?

Xury. Drollige Frage, mit diesem Beutel.

Amalie. Du spannst meine Erwartung immer höher. Was ist das für ein Vogel, den du mir verkauft hast?

Xury. Der schönste Vogel von der Welt; er ist gebürtig von St. Domingo, nicht älter als sieben Jahr, und kann noch hundert Jahr leben, spricht deutsch, frißt Mandeln, läßt sich gerne im Kopf krauen, und beißt kleine Kinder — Gereuet euch der Kauf, so gebt mir ihn zurück, aber das Geld bekommt ihr nicht wieder.

Amalie. Narr, der Vogel gefällt mir. Wer hat ihn sprechen gelehrt?

Xury. Mein Herr.

Amalie. Wer ist der Herr?

Xury. Ein braver, unglücklicher Mann.

Amalie. Sein Name?

Xury. Georg Westerland.

Amalie. (stutzt) Georg Westerland? Baron Westerland!

Xury. Nichts Baron, kann man nicht auch, ohne das, brav seyn?

Amalie. O ja, die Tugend stellt keine Diplomen aus! Hat dein Herr Verwandte hier in der Stadt?

Xury. Einen armen Vater.

Amalie. Sonst niemand?

Xury. Und einen reichen Bruder.

Amalie. Der Vater arm? der Bruder reich? wie geht das zu?

Xury. Das geht so zu, daß der Sohn ein Taugenichts ist, der den Vater betteln läßt. Nehmt mirs nicht übel, schöne Frau, der junge Herr ist vieleicht von eurer Bekanntschaft?

Amalie. Ja, ja, ich kenne ihn, aber nicht so gut, als du mich ihn eben kennen lehrst. Der arme Vater! doch er hat ja zwey Söhne, und ich hoff', dein Herr ist seinem Bruder so unähnlich —

Xury. Als eure Gesichtsfarbe der meinigen. Aber der gute Wille ist vor der Hand sein ganzer Reichthum. Wenn ihr einmal bey schönem Wetter auf die Rhede fahrt, so könnt ihr da auf den Klippen linker Hand Trümmer hängen sehn; und wenn ihr die seht, so denkt: es war doch hart, daß ein guter Sohn gerade vor dem Hafen Schiffbruch leiden, alles einbüssen, und seinen Vater am Bettelstabe finden mußte.

Amalie. Schiffbruch habt ihr gelitten?

Xury. Im Sturm der entwichenen Nacht.

Amalie. Aber der Papagoy?

Xury. Der Papagoy? nun der sah wohl, wie er sich durchhalf, dafür hat ihm der liebe Gott ein paar Flügel an den Leib gesetzt. Als das Donnerwetter los ging, und das Schiff brach, und zertrümmerte, flog mein armer Jako auf ein Stück von — der Kajute, das aus dem Wasser hervorragte, und rief: Bete Georg! Ja, dachte ich, beten hat auch seine Zeit, jetzt müssen wir schwimmen. Ich plätscherte, so nahe ich konnte, an ihn heran, erwischte ihn bey den Beinen — denn ihr müßt wissen, daß ich im Schwimmen meines gleichen suche — und so brachte ich ihn glücklich ans Land.

Ama=

Amalie. Und konntest so hartherzig seyn, ihn zu verkaufen?

Xury. Ach! schöne Frau, was soll man thun? der Alte hatte nichts zu essen, und war 13 Thaler schuldig. Ich gieng mit meinem Herrn zu Rathe, und wir beschlossen — nein er beschloß, ich habe keinen Theil an dieser guten That — den armen Jako loszuschlagen. Freylich haben wir beyde geweint, als ich ihn forttrug; und Jako hätte gewiß auch geweint, wenn er weinen könnte.

Amalie. Aber reden kann er, und was bedeuten die Worte, die er spricht?

Xury. Seht nur, schöne Frau, mein Herr wurde vor zehn Jahren aus dem väterlichen Hause gleichsam verstoßen. Er kam nach Jamaica, wo es ihm anfangs kümmerlich genug erging. Du lieber Gott! er blieb Mensch, hatte seinen Vater nie beleidigt, und kam oft in die Versuchung, ihn um der unverdienten Härte willen zu verwünschen. Da erzog er sich den Papagoy, der in den trüben Stunden der Verzweiflung ihm zurufen mußte: Bete Georg! bete für den Vater!

Amalie. (bewegt) Ich weis genug. Dein Herr muß ein vortreflicher Mann seyn.

Xury. (glühend) Ja, liebe, schöne Frau. Ja Ja das ist er!

Amalie. Du würdest ihn wohl nicht verlassen?

Xury. Nicht um die Diamantgruben von Golconda.

Amalie. Guter Junge! — den Papagoy haſt du zu wohlfeil verkauft. (Sie reicht ihm einen vollen Beutel) Da nimm das, und thu dir gütlich dafür.

Xury. Ich danke, ſchöne Frau! ihr ſeyd mehr als ſchön, ihr ſeyd gut.

Amalie. (bey Seite) Noch nie hat mir jemand etwas ſo ſchmeichelhaftes geſagt.

Xury. Juchhey! ich laufe zu meinem Herrn! der wird Augen machen, über den reichen Xury. Lebt wohl, ſchöne Frau! der große Geiſt gebe euch einen goldenen Stuhl im Himmel, und ein ſanftes Ehebett auf Erden.

Amalie. Noch eins, wo iſt eure Wohnung?

Xury. Wir haben keine. Der gute alte Fiſcher dort nahm uns auf. (er lauft fort)

Achter Auftritt.

Amalie und Betty.

Amalie. (wirft ſich auf die Bank, und ſtützt den Kopf in die Hand)

Betty. Was mag ſie nun ausbrüten? ich habe von der ganzen Unterredung wenig verſtanden. Ein Schiffbruch — ein alter Papagoy, der Schulden hat — ein väterliches Haus, das nach Jamaica verſtoßen wurden — daraus werde der Henker klug.

Amalie. Meine Gedanken treiben ſich in meinem Kopfe herum, wie Schneeflocken an einem ſtürmiſchen Wintertage, nur weniger kalt, als jenes.

Betty. (für sich) Sie spricht von Schneeflocken, und wir haben die schönsten Sommertage.

Amalie. Ist es die Liebe zum Wunderbaren? oder ist es mein Herz, das romantische Bilder mir vormahlt?

Betty. Aha! sie spricht in Bildern.

Amalie. Wie, wenn ich bestimmt wäre, diesen tugendhaften Menschen glücklich zu machen? wie wenn er bestimmt wäre, mir die schönen Jahre wieder zu geben, die ich an der Seite eines mürrischen Greises verlohr?

Betty. Verlohren? den Verstand verlohren, so scheint es mir.

Amalie. Aber Lady Beford und ein Bettler! aber ein Bettler mit solch einem Herzen! — das Meinige hat bey Rang und Reichthum darben müssen.

Betty. Ich glaube wahrhaftig, sie will den Schwarzen heyrathen.

Amalie. Ob er gut gebildet seyn mag? — denn das ist doch immer ein Punct, nach welchem unsere Augen zuerst fragen; bey dem Throne der Vernunft vorüber gehn, und unserm Herzen den Bericht abstatten. — Gleichgültig ist mir seine Gestalt freylich nicht; aber meinen Entschluß bestimmen — nein, das soll sie nicht. Mir gnügt an seiner Tugend. Ein guter Sohn, ist auch ein guter Gatte.

Jener so genannte Baron — gewiß ist er sein Bruder. Wohl mir, daß dieser Zufall mich ihn ganz kennen lehrt. Er ist nicht blos ein Geck; er ist ein Lasterhafter; denn der erste Schritt jedes großen Verbrechers war Verachtung seiner Eltern.

Laß

Laß sehen, wie fang ich es an, den Sprach=
meister meines Papagoy näher kennen zu lernen. —
Ihn zu mir bitten lassen? — Das wird mich verle=
gen machen. Ich wünschte lieber zufälliger weise —
(sie sinnt nach)

Neunter Auftritt.
Die Vorigen. Der alte Fischer.

Fischer. Ey so wollt' ich, daß ihr alle im Ab=
grunde der See läget, ihr hartherzigen Menschen!
Ausgelacht hat mich das Teufelsvolk, das reiche.
Nur bey armen Lumpenhunden, wie ich, hab ich
die drey Thaler zusammen gebracht. — Was soll
er damit.

Amalie. Vermuthlich ist das der alte Fischer
der ihn beherbergte. — Guter Freund! ist jene Hüt=
te die Eurige?

Fischer. (für sich) Das ist auch eine Reiche. —
Wenns nicht grob wäre, so gäb' ich ihr keine Antwort.

Amalie. Habt ihr mich verstanden. Ist jene
Hütte die Eurige?

Fischer. Ja Madame! ich bin keinen Heller da=
rauf schuldig.

Amalie. (lächelnd) Das war es nicht, warum
ich frug. Man hat mir gesagt, ihr beherbergt einen
Greis und seinen Sohn?

Fischer. Da hat man Ihnen die Wahrheit gesagt.

Amalie. Nehmt euch in Acht, Alter! An den
Leuten soll kein gutes Haar seyn.

Fischer. Da hat man Sie verdammt belogen.

Ama=

Amalie. Wie so?

Fischer. Weil es mir beynahe vorkommt, als ob Sie in allen Ihren großen Häusern vergebens suchen würden, was ich da in meiner Hütte habe. Den Alten machen graues Haar und Unglück ehrwürdig. Der Junge — o ein braver Junge! so ehrlich und bieder, so kindlich und fromm — er hat nichts, als sein Herz und seinen guten Namen, (er zieht die Mütze ab) und ich bitte Madame, keines von beyden in meiner Gegenwart anzutasten.

Amalie. Wann ich nach der Wärme eures Lobes urtheilen soll, so muß euer Gast ein vorzüglicher Mensch seyn?

Fischer. Das ist er auch. Wenn eine junge, reiche Wittwe ihr Glück machen wollte —

Amalie. Sein Glück machen wollte?

Fischer. Ihr Glück machen wollte — Ich weis wohl, was ich rede.

Amalie. Wirklich? ich danke euch, guter Alter! Aber — (bei Seite) Weiblichkeit! wie schwer bist du zu verläugnen! (schüchtern) ist seine Gestalt angenehm? —

Fischer. (lächelnd) Seine Gestalt? Ha! ha! ha! was geht mir und Ihnen seine Gestalt an? Er ist bucklicht, Madam, und schielt auf beyden Augen. Aber Gott sieht das Herz an. — Da kömmt er selbst. Nun können Sie ihn begaffen nach Herzenslust. Seine Gestalt! Ha! ha! ha! als ob das Herz in der Gestalt säße.

Amalie. (neugierig in die Ferne blickend) Ganz so, wie ich es wünsche.

Zehn-

Zehnter Auftritt.

Georg mit Amaliens Beutel in der Hand. **Vorige.**

Georg. (zu dem Fischer) Ehrlicher Alter! mein Vater schlummert, und Xury wedelt ihm die Fliegen ab. — Kommt! helft mir den harten Schiffer aufsuchen. Seht — hier ist Geld, — Geld! nun kann ich helfen. In Zukunft wollen wir nur eine Familie ausmachen; die ganze Woche arbeiten, und des Sonntags unter der Linde bey einem Trunke Dünnbier froh seyn.

Fischer. Seht, junger Herr! da sollt' ich mich nun freuen, aber ich freue mich nur halb, weil ich nicht helfen konnte. Ich habe nur 3 Thaler zusammen gebracht.

Georg. Guter Alter! Eure That bleibt was sie ist. Kommt, kommt.

Amalie. (schüchtern) Mein Herr! auf ein Wort!

Georg. (verlegen) Madame! ich habe dringende Geschäfte —

Amalie. Ihre Geschäfte kenne ich, und Sie wünschte ich zu kennen.

Georg. Madame, Sie werden sich in der Person irren. Ich bin ein Fremdling, der erst seit wenig Stunden —

Amalie. Ich irre mich nicht, ich spreche mit Georg Westerland.

Georg. (erstaunt) So heiße ich, doch muß ich mich billig wundern, diesen gleichgültigen Namen aus dem Munde einer unbekannten Dame zu hören.

Amalie. Mein Herr, dieser Name ist mir nicht gleichgültig.

Georg. (für sich) Sonderbar! vielleicht eine Buhlschwester, die mich für einen reichen Westindienfahrer nimmt. (laut) Madame, Sie sehen einen Schiffbrüchigen vor sich, der Ihnen in nichts, in gar nichts dienen kann.

Amalie. So kann ich vieleicht Ihnen dienen. Ich wundre mich, in einem so guten Herzen, den Argwohn zu finden: nur Eigennutz sey die Mutter jeder Handlung.

Georg. O Madame! wenn man viel unter Menschen gewesen ist, so verlieren sich die süssen Träume von Bruderliebe und Menschlichkeit.

Amalie. Ich würde Sie um dieses Grundsatzes willen hassen, wenn nicht Ihr Unglück ihn entschuldigte.

Georg. (für sich) Hm! so spricht keine Buhlschwester.

Amalie. Erlauben Sie mir eine Frage, die Ihnen vieleicht sonderbar scheinen wird, aber ich bitte Sie, mich nicht nach dem Anfang, sondern nach dem Ende unsers Gesprächs zu beurtheilen.

Georg. Fragen Sie, Madam!

Amalie. Sind Sie verheyrathet?

Georg. (rasch) Gottlob! nein!

Amalie. Gottlob? nein? — Sind Sie ein Weiberfeind?

Georg. Das nicht, aber es würde mir weh thun, ein unschuldiges Geschöpf in mein Elend verwickelt zu haben, doch verzeihen Sie! Klagen ist nicht meine Sache.

Ama

Amalie. Muth, Muth! Einer Ihrer Dichter sagt wahr und schön — ein einziger Augenblick kann alles umgestalten. Sie stehen also in keiner Verbindung mit irgend einem weiblichen Wesen, weder hier, noch in Indien?

Georg. Ich weiß nicht, Madam —

Amalie. Warum ich das frage? Sie sollen es bald erfahren. Mein Herr, ich bin Lady Amalie Bedford —

Georg. Mylady —

Amalie. Die nämliche, die Ihren Papagoy kaufte.

Georg. (sehr verlegen) So verdanke ich Ihnen —

Amalie. Bis jetzt noch nichts, vielleicht einst Etwas. — Ich weiß Ihre Geschichte, ich weiß auch, warum Sie den Papagoy verkauften.

Georg. (stutzt, halb für sich) Sollte Xury mich verrathen haben?

Amalie. Nichts weniger. Ihr Papagoy verrieth Sie, und Xury verrieth nur den Papagoy.

Georg. Ich weis nicht, Madam, wohin Alles dies führen soll?

Amalie. Vieleicht zu einem unerwarteten, aber guten Ende. — Ihre kindliche Liebe hat mein ganzes Herz bewegt. Der Schritt, welchen ich zu thun im Begriff stehe, ist sonderbar, sehr sonderbar; aber ich bin eine freye Engländerinn, und folge gern den Regungen meines Herzens. Meinen Namen wissen Sie, er trägt mir jährlich 3000 Pfund ein. Lord Bedford, ein Greis, dem ich einst gezwungen meine Hand reichen mußte, lebt nicht mehr.

mehr. Daß ich kein häßliches Weib bin, sagt mir mein Spiegel; daß ich ein gutes Weib sey, beweist Ihnen die Achtung, die ich gegen Ihre Tugend hege, denn nur der kann Tugend hochachten, dessen Herz deren selbst fähig ist — Mein Herr — es wird mir schwer, weiter zu reden — sollten Sie mich nicht verstehn?

Georg. Mylady — ich habe nur einen Gedanken — und der ist zu groß für diese Welt.

Amalie Sie müssen mich erst ganz kennen lernen. (munter) Erlauben Sie mir, Ihnen mein Bild zu entwerfen. Ich bin 28 Jahr alt, bin ein wenig eitel, lache gern, und sehe es sehr ungern, daß andere weinen. (plötzlich ernst) Kann aber auch mit weinen, wenn ich gute Menschen leiden sehe, und im Nothfall mehr als weinen. (wieder munter) Mein Wittwenstand fing an mir Langeweile zu machen, ich beschloß wieder zu heyrathen, und meine Wahl mehr der Vernunft, als dem Herzen zu überlassen. Ich sah der Männer viele, aber Herz und Vernunft schwiegen. Auch Ihr Bruder war unter diesen.

Fischer. Ja, Ihr Bruder —

Amalie. Still! nichts mehr von ihm; es muß Ihnen weh thun seinen Namen zu hören. — Schon glaubte ich mich zum ewigen Wittwenstande verurtheilt; wer hätte denken sollen, daß ein Papagoy reden würde, wo Vernunft und Herz so lange schwiegen? „Georg, bete für deinen Vater!" rief der Vogel mir zu, und diese ungewöhnlichen Worte in dem Schnabel eines Papagoyen, erweckten meine ganze weibliche Neubegier. Ich ließ Ihren Xury zurückrufen, ich fragte ihn aus — nun wissen Sie alles.

alles. Ihre kindliche Liebe hat mich mit Achtung und Bewunderung erfüllt, hat mir den Wunsch entlockt, vom Schicksal auserkohren zu seyn; ein Werkzeug, Ihre Tugend zu belohnen. — Wir kennen uns noch zu wenig, um uns zu lieben, aber genug, um uns hochzuachten, und dann, sagt man, ist es nur noch ein kleiner Schritt. Und wenn ich nun entschlossen wäre, nach der Probezeit eines Jahrs mein Schicksal mit Ihnen zu theilen, antworten Sie, mein Herr, frey und aufrichtig, wie es dem deutschen Manne gegen das brittische Weib ziemt, würden Sie an meiner Hand diesen Schritt thun können?

Georg. Mylady! — Ihre Großmuth — mein Erstaunen — wenn es kein Traum ist —

Amalie. Wahrheit! so sonderbar mir selbst dieser Auftritt scheint.

Georg. Wenn Sie denn nicht bloß scherzen, Mylady; wenn Sie dann wirklich die offene Engländerin sind, so hören Sie ohne Unwillen die freymüthige Erklärung des Deutschen. Ich habe nie geliebt, aber ein Herz, das nie liebte, ist der Liebe am fähigsten. Sie sind schön, Mylady, Sie haben Verstand und Herz, ich fühle, daß ich Sie lieben würde. Aber wenn nun jenes süße Band uns vereinigt, wenn an Ihrem Busen mein Glück wieder aufblüht, wenn Ihre Reichthümer mich in den Stand setzen, meinem alten Vater seine letzten Tage zu versüßen; wird nie in einer übellaunischen Stunde Ihnen ein Vorwurf entschlüpfen? wird nie der Gedanke Sie quälen, einem Bettler ohne Namen, Rang und Ansehn aufgeopfert zu haben?

werden Sie es immer nur meiner eigenen freien Empfindung überlassen, mich dessen zu erinnern, was Sie für mich thaten? O Mylady! jeder trübe Augenblick, jede Wolke auf Ihrer Stirn würde den schrecklichen Gedanken in mir erzeugen: der Schritt, den Sie jetzt thun wollen, habe Sie gereut! und ach, zehnfach elender würde dann ich seyn! tausendfach elender, wenn ich Sie liebte. Prüfen Sie sich! gehorchen Sie nicht der Aufwallung Ihres guten Herzens! Blicken Sie in die Zukunft, und entscheiden dann über mein Schicksal.

Amalie. Ja, Sie sind meines Herzens, meiner Liebe werth! Gebe Gott, daß sich diese Gesinnungen nicht ändern mögen, so bin ich in Jahres-Frist ein höchst glückliches Weib.

Georg. Dieser Termin —

Amalie. Ist nicht zu lang; unser Glück hängt davon ab. Das was ich thue, ist schon so ungewöhnlich — was würden Sie von mir denken, wenn ich, ohne Sie zu kennen, noch weiter ginge? — Sprechen Sie!

Georg. Ich unterwerfe mich jeder Probe, auch diesem Aufschub meines Glücks. — (küßt ihre Hand)

Fischer. Und er wird in der Probe bestehen, so wahr ich ein ehrlicher Mann bin! — Und sie wird in der Probe bestehen, denn so etwas hab' ich in meinem Leben von keiner Reichen gehört. Und weil Sie gewiß alle beyde in der Probe bestehen werden, so sag ich — sehn Sie! mit nassen Augen — Gott segne das Brautpaar!

Betty. Meine Ohren haben nichts verstanden; meine Augen desto mehr!

Georg.

Georg. Guter Alter; ich werd' es nie vergessen, daß eure Hütte mir offen stand, als noch jedes Herz mir verschlossen war.

Amalie. Lebe nur noch ein Jahr, braver Mann! und du sollst an meinem Hochzeittage an unsrer Tafel sitzen.

Fischer. Zu viel Ehre, Madame! Nein, da gehöre ich nicht hin. Ich will in der Ferne stehn, und für Ihr Glück beten.

Georg. Ich eile zu meinem Vater! Eine solche Botschaft ist erquickender als Schlummer. Mit dieser Freude will ich ihn wecken, und in die Arme seiner Tochter führen, die ich — bey dem Allmächtigen! durch gute Gesinnungen und Handlungen verdienen will. (Ab.)

Betty. Nun, das hat mir lange geahndet, daß Sie sich so fangen würde. Mylady! Ihre vornehmen Verwandten in London werden sich freuen, wenn sie die Notifikations-Schreiben bekommen.

Amalie. Ich verbitte mir dergleichen Anmerkungen.

Betty. Das meyne ich eben: an Anmerkungen wird es nicht fehlen.

Amalie. Ich lebe für mich, und nicht für meine Verwandte. — Bey dem saubern Herrn Baron wird es heute spät Tag! —

Fischer. Ja, das wollte ich Ihnen vorhin schon sagen — der ist über alle Berge.

Amalie. Was?

Fischer. Schön abgesegelt; ich sah ihn, und seinen Heinrich auf dem Verdecke. — Ihr habt gewiß

wiß eine gute Fahrt, dachte ich so bey mir; denn was hängen soll —

Elfter Auftritt.

Vorige. Richard. Georg und Xury.

Georg. Hier ist sie, die edle, sonderbare Frau!

Richard. (wankt auf sie zu) Mylady, — mein Dank ist stumm — Eine Freudenthräne — ich habe deren in zwanzig Jahren nicht geweint — sie sey Ihrer Großmuth Lohn.

Amalie. Lieber Vater, der Lohn dessen, was ich thue, ist die Hand eines Biedermanns; besteht er seine Probe —

Richard. Er wird — oder das heiße Gebet eines Vaters müßte nicht zu Gottes Thron bringen.

Amalie. So soll unsern glücklichen Cirkel hinfort nichts trennen, unser Vater, mein Georg, ich und jener brave Alte — (auf den Fischer deutend)

Xury. Und den armen Xury wollt ihr vergessen, der sich so sehr freut — so sehr, daß er weinen muß, wie ein Kind.

Georg. Xury! mein Freund! unter keinem andern Titel sollst du bey mir wohnen.

Amalie. Und den Papagoy schenke ich dir wieder.

Xury. Ich danke schön! mein guter Jako, wie wird er sich freuen. Jeden Morgen will ich ihm die Worte lehren: „Xury, bete für Georg und die gute Frau."

Richard. Lehr ihn: „So belohnt Gott kindliche Liebe!"

Ende des Schauspiels.